TEXT/RAHMEN

Dino Pešut

Daddy Issues

Roman

Aus dem Kroatischen von
Alida Bremer

TEXT/RAHMEN

Die Originalausgabe erschien 2020
unter dem Titel „Tatin sin" im Verlag Fraktura, Zaprešić.

Deutsche Erstausgabe übersetzt von Alida Bremer
erschienen im Buchverlag TEXT/RAHMEN
4. Auflage 2023

Schriftgestaltung: TEXT/RAHMEN, www.polenimschaufenster.com
Umschlaggestaltung und Satz: Dominik Uhl
Autorenporträt: Karla Juric
Druck und Bindung:
TOTEM.COM.PL Sp. z o.o. Sp. k., Digital Printing House, Inowrocław Totem.com.pl
ISBN 978-3-903365-05-6

Aus Umweltschutzgründen wurde auf eine Folie verzichtet.

Die Herausgabe dieses Werks wurde gefördert durch TRADUKI, ein literarisches Netzwerk, dem das Bundesministerium für europäische und internationale Angelegenheiten der Republik Österreich, das Auswärtige Amt der Bundesrepublik Deutschland, die Schweizer Kulturstiftung Pro Helvetia, die Interessengemeinschaft Übersetzerinnen Übersetzer (Literaturhaus Wien) im Auftrag des Bundesministeriums für Kunst, Kultur, öffentlichen Dienst und Sport der Republik Österreich, das Goethe-Institut, die S. Fischer Stiftung, die Slowenische Buchagentur, das Ministerium für Kultur und Medien der Republik Kroatien, das Ministerium für Gesellschaft und Kultur des Fürstentums Liechtenstein, die Kulturstiftung Liechtenstein, das Ministerium für Kultur der Republik Albanien, das Ministerium für Kultur und Information der Republik Serbien, das Ministerium für Kultur Rumäniens, das Ministerium für Bildung, Wissenschaft, Kultur und Sport von Montenegro, die Leipziger Buchmesse, das Ministerium für Kultur der Republik Nordmazedonien und das Ministerium für Kultur der Republik Bulgarien angehören.

traduki

Für meinen Vater,
der während der ganzen Zeit,
in der ich diesen Roman schrieb,
zum Glück gesund und lebendig war.
Und für all unsere Versuche.
Es liebt dich dein Sohn.

1.

Die Nachricht, dass mein Vater schwer krank ist, nehme ich beinahe gleichgültig auf. Sie irritiert mich nur ein wenig, wie irgendwelche Straßenarbeiten oder die Nachricht, dass unser alter Nachbar endlich gestorben ist, oder der Tratsch über ein dysfunktionales Pärchen aus meinem Freundeskreis, das eben doch ein Baby erwartet. Ich bemerke eine immer größere Diskrepanz, einen Abgrund zwischen dem, was ich fühlen sollte, und dem, was ich fühle. Oder präziser, was ich nicht fühle. Er hat mich nur kurz angerufen, er wolle nicht lange stören.

»Ich bin bei der Arbeit«, ich lege auf.

Vor mir liegt die gleichgültige Hotellobby. Sie ist angenehm klimatisiert. Ein sehr weißes Paar Beine wird übereinandergeschlagen. Ich blinzele. Ich rieche irgendetwas zwischen Desinfektionsmittel und gebratenem Fleisch.

Die Nachricht, dass mein Vater schwer krank ist, trifft mich aus den falschen Gründen. Ich fühle mich wie ein frustrierter Teenager, dessen Pläne für das Wochenende zunichtegemacht wurden. Neben der Verstimmung überkommt mich auch ein Unbehagen. Ich schmolle wegen der womöglich unheilbaren Erkrankung meines Vaters.

Mein eigenes Leben habe ich enorm zurückgenommen, da es kompliziert und chaotisch war, und zwar aufgrund der Bedürfnisse und Probleme der Menschen um mich herum. Und ich habe alles getan, um das, was ich nicht tun will, nicht tun zu müssen – außer meiner Arbeit. Meine Leistungen sind nicht besonders glänzend. Ich vibriere nicht vor positiver Energie, und ich behalte mir das Recht vor, mit meiner Arbeit nicht zufrieden zu sein. Ich will mir nichts vormachen.

Vaters Krankheit erzeugt ein Unbehagen, weil ich mich mit ihm werde unterhalten müssen, und das will ich nicht. Wir haben es einige Male versucht, wir haben versucht, uns anzufreunden und einander etwas besser kennenzulernen, aber das ist misslungen. Als hätten wir uns entschieden, dass es besser ist, sich einmal im Monat über das Wetter auszutauschen und darüber, dass unser Staat im Arsch ist. Manchmal erlaube ich ihm, den Schluss zu ziehen, dass mein Job, den ich trotz aller meiner Studienabschlüsse habe, ein deutliches Zeichen dafür ist, dass es in Kroatien für junge Menschen nicht die geringste Hoffnung gibt. Ich arbeite an der Rezeption eines mittelmäßigen Hotels, und zwar deshalb, weil ich Abschlüsse in Komparatistik und Anglistik habe. Das habe ich studiert, weil ich als kleiner, prätentiöser, schwuler Junge keine anderen Talente und Interessen hatte. Mit der Zeit habe ich eingesehen, dass ich nie eine Stelle im Kulturbereich bekommen werde, weil das der einzige Bereich ist, in dem auch die Linke Nepotismus als notwendig und bequem akzeptiert. Einen Mangel an Privilegien muss man durch unglaubliches Talent ausgleichen, und über das verfüge ich nicht. Schließlich mag ich Menschen mehr als Konzepte. Die Arbeit ist nicht anspruchsvoll, sie ist häufig langweilig, aber sie hält meine Neugier am Leben. Persönlich mag ich es am liebsten, abends zu arbeiten, um mitzukriegen, wer es mit wem treibt. Auch komme ich nachts dazu, viel zu lesen. Heimlich schreibe ich Gedichte. Mein schmales Opus liegt in der schwarzen Mappe verborgen, auf der *Hotel Lebewohl* steht. Ich beklage mich nicht über meine Arbeit. Ich beklage mich auch nur sehr selten über mein Leben.

Und dennoch verspüre ich wegen der Nachricht, dass mein Vater schwer krank ist, das Bedürfnis, mich selbst zu bemitleiden.

2.

»Augen zu und durch, sage ich nur. All das kann mir den Buckel runterrutschen. Weißt du, man muss das Leben genießen. Man muss glücklich sein. Alles andere schicken wir zum Teufel, weißt du. Das habe ich gelernt. Man kann sich das alles in den Arsch schieben, man muss Spaß haben. Also mir geht das alles am Arsch vorbei. Ich kann doch nicht herumheulen und darüber nachdenken, was ich hätte tun können und was nicht, was hätte sein können und all die übliche Scheiße. Verstehst du mich? Ich kann das einfach nicht. Ich hab das alles zum Teufel geschickt, und was dann? Was jetzt? Und wenn ich sterbe, scheiß drauf. Ich hatte kein schlechtes Leben. Ich habe dich. Und wenn ich dich sehe, weiß ich, dass ich wenigstens irgendwas in meinem Leben nicht kaputtgemacht habe. Das weiß ich. Ich sehe, dass du ein wirklich guter Mensch geworden bist, fleißig. Verdammt, der Staat ist eben so, wie er ist. Und deine Arbeit ist so, wie sie ist. Aber scheiß drauf, keine Arbeit, keine einzige ist wirklich perfekt. Arbeit ist immer für den Arsch. Aber man verdient schön, und dann baut man sich ein gutes, ein schönes Leben auf, scheiß drauf. Es muss nicht viel sein, und es muss nicht irgendein Schnickschnack sein. Mir reicht es schon, eine eigene Wohnung zu haben. Jetzt tut es mir verdammt leid, dass wir es nicht geschafft haben, dir eine

Wohnung zu kaufen. Jetzt ist das erst mal aufgeschoben. Aber scheiß drauf, mal klappt's im Leben und dann wieder nicht, verdammte Kacke. Was für uns immer Priorität hatte: Für dich eine Bleibe zu organisieren. Damit wir wissen, dass du immer ein Dach über dem Kopf hast. Aber Scheiße noch mal, dann hast du eben meine Bude hier, wenn ich sterbe. Oder verkauf sie einfach, wenn ich sterbe, und kauf dir was anderes. Nimm einen Kredit auf, verstehst du? Hörst du mir überhaupt zu? Geht es dir gut? Für mich ist es das Wichtigste, dass es dir gut geht. Das ist für mich das Allerwichtigste. Wenn ich höre, dass du glücklich bist und dass alles nach Plan verläuft. Es tut mir leid, dass du nicht schreibst. Du hast früher sehr schön geschrieben. Ich kenne mich mit dem Scheiß nicht aus, aber es war schön. Ich glaube, dass du wieder schreiben solltest. Dann kannst du auch Straßen kehren, aber wenigstens hast du was Eigenes. Es ist wichtig, was Eigenes zu haben, denn alles geht den Bach runter. Alles. Freundschaften gehen den Bach runter, Staaten, die Politik, das Schulsystem ... Alles für den Arsch. Außer den Sachen, die dir selbst gehören. Ich meine, auch Ehen gehen vor die Hunde, und auch Kinder müssen mal das Haus verlassen. Schau mal, du bist weggegangen. Es ist wichtig, dass du etwas hast, das nur dir gehört und dich rettet, wenn die Scheiße losgeht. Ich weiß nicht, ob es etwas gibt, das mir gehört. Ich weiß es nicht. Du gehörst nicht mehr mir. Du bist ein erwachsener Mensch, zum Teufel noch mal. Du bist klug, hast studiert, hast deinen Master gemacht. Ich habe nichts gelernt. Keine Lust gehabt. Aber ich hatte ein gutes Leben, ein schönes Leben. Ich hatte wirklich ein gutes Leben. Hör mal, ich will dich nicht langweilen. Ich weiß, du hast zu tun, aber verflucht noch mal, melde dich doch gelegentlich. Ich werde dich nicht langweilen. Es gibt echt keinen Grund dafür, dass ich dich anrufe, um dich zu fragen, ob du etwas gegessen hast, ob du gut geschissen hast, ob du gevögelt hast. Das geht mich nichts an. Du bist erwachsen, aber bitte ruf doch mal an. Oder besuch mich mal, und dann können wir beide eine Runde drehen. Vielleicht sollten wir auch mal verreisen. Ich weiß nicht. Schau mal, wie es mit deiner Arbeit läuft. Ich werde ab jetzt zu Hause sein. Auch wir können Spaß haben. Ich mache jetzt Schluss. Also dann, melde dich mal. Melde dich. Mal. Komm, fühl dich umarmt.«

Und dann legt er auf. Seine Logorrhö ist neulich zum ersten Mal hörbar geworden. Nach einigen Jahren der Stille. Dieser Wortschwall, die Angst, meine Gleichgültigkeit ertragen zu müssen. Und die Erkenntnis, dass ich, genau wie er, schweigen kann. Jetzt überflutet dieser Wortschwall unser Telefonat, bis die Verbindung beendet wird. Er schafft es nicht einmal mehr Luft zu holen. Er antwortet auf seine eigenen Fragen, als fürchtete er sich davor, dass ich – würde er nur eine Sekunde innehalten – fragen könnte: »Wer ist da?« Ich spüre seine Angst.

Mein Vater kennt niemanden, der so ist wie ich. Ich glaube, dass ich der einzige schwule Mann bin, den er je kennengelernt hat. Ganz bestimmt der einzige, der geoutet lebt. Er kennt auch niemanden, der schreibt oder früher mal geschrieben hat. Er kennt nur einige Englischlehrerinnen, weil er kostenlose Sprachkurse besucht hat. Er spricht drei Fremdsprachen, holprig, aber selbstbewusst. Langsam, aber präzise. Mein Vater hat vor mir keinen Menschen gekannt, der sich ewig lange Filme anschaut und zu Vernissagen geht. Er war nie mit einem Mann befreundet, der sich selbst Feminist nennt. Er hat nicht gewusst, dass es Jungen gibt, die nicht davon träumen, Auto zu fahren. Mein Vater hat keine Freunde, die zynisch sind, die ihre Augen verdrehen und herumquietschen, so wie ich es während der Pubertät getan habe. Mein Vater kennt keine Menschen, die sich durch Lesen gegen die Welt verteidigen. Und er hat nicht gewusst, dass Jungen sich ganz einfach mit Mädchen anfreunden können. Er hat mich wegen dieser Sachen nie verurteilt. Das habe ich mir, wie alles andere zwischen uns, selbst zusammenreimen müssen. Meinem Vater fehlten immer die Worte. Meine Eltern haben sich selten unterhalten. Mama hatte sich angewöhnt, mich als Vermittler zwischen sich und meinem Vater zu benutzen.

Sag ihm, dass wir im selben Haus wie Fremde leben, pflegte sie zu sagen, wie in einer Seifenoper. Und dann weinte sie. Ich habe erst viel später erfahren, dass Tränen nicht nach Wodka riechen sollten.

3.

Ich trinke Kaffee in einem schweineteuren Café im Stadtzentrum. Der Kaffee ist säuerlich, klein und hat immer die falsche Temperatur. Der Kaffee ist *fair trade*, auch wenn ich mich häufig frage, ob ich diesen Begriff wirklich verstehe. Ich habe angefangen, diesen überteuerten Kaffee zu trinken, seit ich vor beinahe zwei Jahren das Rauchen aufgegeben habe. Auch weil ich finde, dass der Kellner gut aussieht. Ich habe meinem letzten Laster abgeschworen, dem Genuss, nur damit ich für drei Kuna mehr einen Kellner anschauen kann, der höchstwahrscheinlich hetero ist. Und ich flüchte immer, bevor sich die Gelegenheit zu einem Gespräch ergibt. Jetzt trinke ich Kaffee und denke über Vaters Krankheit nach. Ich sollte ihn anrufen und ihm sagen, dass alles okay sein wird. Nur das. Diese ganz kleine Lüge, diesen Trost, schiebe ich noch ein wenig auf. Zwischen meinem Vater und mir stand immer Mama, stand ihre Traurigkeit und ihre Einsamkeit. Das habe ich in der Psychotherapie verarbeitet, solange ich da hingegangen bin. Und obwohl ich es geschafft habe, mich von ihr abzusondern, ist Vater immer einige Schritte zu weit entfernt geblieben, immer wie aus flauschigen Federn erschaffen, empfindlich, verschlossen, immer den Tränen nah, aus Glas und Eis. Mein Vater und ich haben uns nie gestritten. Er hat mir nicht beigebracht, wie ich meinen

Schwanz nach dem Pissen abschütteln soll. Ich weiß den Mädchennamen seiner Mutter nicht. Ich weiß nicht, wie seine Großeltern gewesen sind. Ich habe seinen Vater nie kennengelernt. Ich weiß nicht, mit wie vielen Frauen er geschlafen hat. Ich weiß nicht, ob er überhaupt irgendeine Frau geliebt hat. Ob er meine Mutter, seine Frau, geliebt hat. Ich weiß mehr über die Ehe meiner Eltern als über meinen Vater. Er hat die elterlichen Pflichten an Mama delegiert, und sie an mich. Wir sind zwei erwachsene Männer, die einen bedeutsamen Anteil der DNA gemeinsam haben, die nie Gelegenheit hatten, sich kennenzulernen, und die sich gegenseitig immer Angst gemacht haben.

Seine Handynummer kenne ich nicht auswendig. Die Erinnerungen an ihn wirken weit entfernt, verstreut. Verzweifelt wühle ich in ihnen herum, um künstlich ein Gefühl des Vermissens hervorzurufen, einen emotionalen Zustand, in dem ich ihn anrufen könnte. Er war fast nie da. Und auch wenn er bei uns war, blieb er gerade so lange, dass er das Minimum erfüllen konnte, für die Dauer eines Mittagessens oder einer Fernsehserie vor dem Schlafengehen. Er war da, um eine unangenehme Stille zu erzeugen, indem er fragte: »Hast du wirklich nichts zu sagen?« Als ich klein war, dachte ich, dass mein Vater in dem weißen Haustelefon steckt, über das er mich ermahnte, zu Mama lieb zu sein, da sie empfindlich sei. Ich konnte das nicht verstehen, da sie mir immer sagte, dass nur ich sie verstände und dass sie nur aufgrund meiner Liebe am Leben bliebe. Ständig wiederholte sie, dass sie seinetwegen unglücklich sei. Ich konnte damals nicht wissen, dass Menschen grundlos unglücklich sein können. Das erfuhr ich erst ein Jahrzehnt später. Ich wurde von zwei eingeschüchterten Kindern erzogen.

In den letzten paar Jahren begann mein Vater sich regelmäßiger zu melden. Auf meinem Handy tauchte immer öfter ein verschämter verpasster Anruf auf. Zuerst tat ich so, als sähe ich es nicht, und dann begann ich es mit seinem Älterwerden zu rechtfertigen. Jeder dieser Anrufe hinterließ den Anflug eines Gewissensbisses. Das gleiche schlechte Gewissen, das ich auch jetzt verspüre, da ich ihn nicht anrufen und fragen kann, wie es ihm geht. Ich bin ein schlechter Sohn eines schlechten Vaters.

Ein schlanker Arm mit wohlgeformtem Bizeps unterbricht meinen Gedankenstrom und nimmt die Tasse vom Tisch.

Einsamkeit überkommt mich.

»Der Nächste geht auf mich. Du sitzt da, zusammengefaltet wie ein alter IKEA-Katalog«, sagst du.

4.

Mein Leben ist für mein Alter überraschend einsam und zugleich erstaunlich erfüllt. Die Mehrheit meiner Freunde hat Kroatien verlassen. Etliche meiner queeren Bekannten begannen nach einem homophoben Referendum, ihren Abgang zu planen. Jetzt sind sie über die großen wirtschaftlichen Machtzentren der Welt verstreut, verdienen gut, kaufen Immobilien und segeln im Urlaub zehn Tage lang durch die Gegend. Die Hipster, egal ob schwul oder hetero, haben begonnen, sich abzumelden, als die Rezession zu Ende ging, sie gravitierten mehrheitlich Richtung Berlin. Genau ein halbes Jahr gelang es mir, in Berlin zu leben. Nach sechs Monaten begriff ich, dass es völlig egal ist, wo ich arm und unglücklich bin. Ich entschied mich für Zagreb, wo ich es mir in meiner Frustration gemütlich machen konnte, wo die Entfernungen in der Stadt kürzer waren und die Mieten niedriger – und all das in kroatischer Sprache. Ich begriff, dass Erwachsenwerden vor allem eine Klassenfrage ist. Erwachsen werden die, die es müssen. Meine Freunde sind noch immer verspielte Jungs und Mädchen, immer im Widerstand, auf dem Spielplatz jener verlorenen Kinder, deren Eltern, auch wenn sie ihnen Vorwürfe machen, dennoch die Monatsmiete überweisen. Ich gewöhnte es mir ab, eifersüchtig auf sie zu sein. Meine Eigenständigkeit hat ihren Preis und verlangt

Kompromisse, aber sie gehört mir. Es gibt keinen Familienbesitz, den man noch vergrößern könnte, es gibt kein Testament, mit dem man mich erpressen könnte.

Ich lebe in einem Einzimmerapartment im Zentrum der Stadt. Die Feuchtigkeit ist fast nicht zu spüren. Die Miete liegt immer noch unter dem Durchschnitt. Meine Vermieterin ist uralt. Frau Slavica ist die Großmutter meiner Bekannten Iris. Sie ist eine hagere Zagreber Dame mit Hut. Sie klopft an die Tür, und mit ihr weht ein Duft von Moschus ins Zimmer. Jedes Mal verschmiert ihr Lippenstift ein kleines bisschen auf ihren Zähnen. Ich gebe Frau Slavica Unterricht in Englisch, wenn sie kommt, um die Miete zu kassieren. Wir übersetzen einen Brief an ihre Urenkelin. Sie wiederholt begeistert die Worte *cat, cute, come, Copenhagen.* Es gelingt ihr bereits, den Anfang allein zu schreiben: *My dear little,* und danach folgt ein Substantiv, meist ein Tier. Ihre Enkelin Iris ist eine moderne europäische Frau, ihr Mann ist Deutscher, und sie leben in Dänemark. Das Kind ist also jahrelang mit vier Sprachen bombardiert worden: Kroatisch, Englisch, Deutsch und Dänisch. Jede Sprache muss mit einer Person verknüpft sein. Doch im Leben der kleinen Rain gibt es nur drei wichtige Personen: Mama, Papa und die Lehrerin. Rain war verwirrt, sie antwortete jedem in einer anderen Sprache, aber irgendwann war sie frustriert und verstummte. Die modernen Eltern mussten eine Sprache streichen. Die Wahl fiel auf Kroatisch, da jetzt sowieso alle Menschen Englisch sprechen, nur die vermögende und zähe Urgroßmutter, Frau Slavica, nicht. Wenn wir den Brief fertig haben, trinken wir Kaffee und schauen aus dem Fenster. Es ist Sommer. Es riecht nach Katzenpisse und dem Urin der Touristen.

»Das hier ist eine Singlewohnung. Hier verlieben sich die Menschen schnell. Ich wohnte hier vielleicht ein Jahr, nicht länger, und schon hatte ich mich verliebt. So wird es auch dir gehen. Bestimmt. Wenn du wüsstest, was ich dafür gegeben hätte, ein Schwuler zu sein. Ich hätte nie geheiratet. Ich hätte mich nur immer wieder verliebt. Die Ehe, weißt du, das musste man früher machen. Und wenn man sich verliebt hat, musste man sofort abhauen, um nicht die Arschkarte zu ziehen. Ach, wäre ich doch damals ein Schwuler gewesen. Oder wäre die Welt wie jetzt gewesen. Ich hätte nie geheiratet. Ich hätte mich immer nur aufs Neue verliebt. Aber was soll's, mache ich es eben jetzt, wo ich alt bin.«

Frau Slavica ist die Verführerin im Altersheim. Sie finde allerdings niemanden, der gut genug für sie sei. Doch sie werde nicht jünger und deshalb sei sie nicht so wählerisch. Sie möchte immer noch ein bisschen herumspielen, sagt sie, und meint damit vögeln.

Slavica verabschiedet sich um 11:15 Uhr. Da sie Lehrerin war, ist ihre innere Uhr auf genau 45 Minuten eingestellt, und schon düst sie ab. Die Hitze macht ihr keine Probleme. Zurück bleibt der Duft von Chanel N° 5, der von den schweren alten Schränken, von dem Tisch und der Tür aufgesaugt wird. Diese Wohnung sieht manchmal aus wie ein Baum.

»Immer, wenn ich alleine bleibe«, tönt es aus dem

Radio. Ich nehme das Büchlein mit Audens Liebesgedichten zur Hand. Ich trinke einen Schluck kalten Kaffee. Und dann fange ich an, laut vor dem offenen Fenster zu lesen. Eine Übung gegen den Zynismus.

5.

Schweigen. Die Suppe, das Schlürfen. Der Tumor ist wie eine Bombe unter dem Tisch, über die wir alle Bescheid wissen. Das Genre ist Thriller, aber es fühlt sich an wie Horror.

Unter dem Ansturm von Schuldgefühlen brach der Damm. Ich besuchte ihn. Ab jetzt werden alle meine Samstage so aussehen, meine einzigen freien Tage. Ich werde mit dem Zug fahren, um meinen dahinschwindenden Vater zu beobachten. Meine Schuld in Scham verwandeln, weil ich nicht mehr leide. Bedauern, dass unsere Beziehung nicht anders war, eine Beziehung, in der er anwesend war und in der ich mich um seine Anwesenheit bemühte. Ab jetzt wird mich jeden Samstag die Angst einholen, dass ich ihm immer ähnlicher werde. Jeden Samstag werde ich mit meiner Schuld verhandeln, wie viel von meinem Leben ich vernichten soll, damit ich dem Verfall meines Vaters beiwohnen kann. Jeden Samstag werden wir uns mit Vorwürfen überbieten. Jeden Samstag werde ich eine Liste von all dem anfertigen, was mein Vater für mich getan hat, wobei wir beide die Tatsache vernachlässigen werden, dass die Vaterschaft auch gesetzliche Verpflichtungen mit sich bringt.

Mein Vater starrt in die Suppe, damit er nicht mich anschauen muss. Das Schlürfen.

Als ich kleiner war, endete ein Mittagessen häufig dann, wenn Mama zu weinen begann. Sie zog sich in ihr Zimmer zurück. Oft ging ich ihr nach und ärgerte mich über meinen Vater, obwohl ich nicht wusste, warum.

Mama. Sie umarmte mich. Nicht selten sagte sie dann: *Hätte ich mich wenigstens scheiden lassen.* Oder: *Er versteht mich nicht.* Ich umarmte sie. *Hör auf zu weinen, Mama. Weine nicht.* Und jetzt steht diese Umarmung, dieser Trost, zwischen meinem Vater und mir. Ich nehme ihm das übel. Er hat seine Frau selbst wählen können, ich meine Mutter nicht. Und es war er, der sich nicht beschwerte, dass da anstatt eines erwachsenen Mannes, der die Verantwortung für sein Verhalten hätte übernehmen müssen, ein fünfjähriger Junge stand, der emotional manipuliert wurde. Seine ganze Leistung hierbei schien sich in dem Sexualakt erschöpft zu haben, bei dem ich entstanden war. Wir können so stundenlang schweigen. Das Schlürfen der Suppe. Unser Schweigen kann nur durch irgend so einen Spruch beendet werden, über den anwachsenden Faschismus etwa oder die korrupte politische Elite. Allerdings hat es schon monatelang keinen Skandal gegeben, der uns helfen könnte, die fehlende Intimität zwischen uns beiden zu kompensieren. Und das Schlürfen der Suppe. Das Kratzen des Löffels über den Tellerboden, die Geräuschkulisse der Verzweiflung.

Zwischen uns befindet sich ein Eisberg.

Der sozialistische Grundriss der Wohnung zieht meine Aufmerksamkeit auf sich. Die Wände sind leer, ohne Bilder, die eventuell guten Geschmack zeigen könnten. Wir sitzen am Tisch in der Küchenecke. Die Gardine flattert. Uns beiden macht der Durchzug nichts aus. Im Zentrum des Wohnzimmers steht der Fernsehapparat, der immer läuft. Auch jetzt folgt das geschwollene Gesicht eines Politikers unserem Drama. Um den Fernseher herum stehen Sessel, Sofas, eine Sitzgarnitur, die viel mehr Platz bietet, als für die Bewohner dieser Wohnung nötig wäre. Um den Fernseher sind Fotos drapiert, die kleine Ausstellung meiner Kindheit. Eines mit Mama neben dem Kinderwagen. Der Kinderwagen und ihre Jacke haben die gleiche Farbe. In einem Rahmen gibt es Platz für drei Fotos, aber dort ist nur sie, dann nichts, dann ich. Als würde uns die Leere dazwischen trennen. Es ist schwierig, ein Foto zu finden, auf dem mein Vater und ich zusammen sind, im selben Ausschnitt, so lange zusammen, dass es eine Kamera hätte verewigen können. Mein Blick hält bei einer neu aufgestellten Fotografie inne, einer kleinen sentimentalen Falle. Ein Schwarzweißfoto meines Vaters mit mir als Baby auf dem Arm. Das Foto ist an dem Tag entstanden, an dem Mutter und ich das Krankenhaus verließen. Ich kenne die Geschichte, die Anekdote. In der Wohnung hatte ein professioneller Fotograf gewartet. Mein Vater ist auf dem Foto so alt wie ich heute. Die Art, wie er das Kind hält, wirkt unnatürlich, so als versuchte er, sich zu distanzieren. Ein wenig überzeugendes Lächeln verzieht sein Gesicht, es wirkt unbeteiligt und unsicher. Die Arme, in denen das Kind liegt, scheinen jemand anderem zu gehören. Der Oberkörper, der Kopf, die Arme und das Kind wirken unzusammenhängend, nicht durch irgendeine

Handlung verbunden. Ist dies das einzige Foto, auf dem mein Vater und ich zusammen sind? Ich habe es früher nie gesehen. Nicht, dass ich je danach gesucht hätte. Mein Vater und ich, ganz am Anfang. Und jetzt, wahrscheinlich am Ende unserer Beziehung. Auf dem Foto ein Vater, der seinen eigenen Sohn als Opfer für seine Ehe bringt, er handelt mit ihm um seine eigene Freiheit, er stellt ihn an den Platz, an dem er in seiner Verantwortung als Partner hätte stehen müssen. Ich sehe einen jungen Mann, dessen Körper sich wie ein Bogen spannt, als man ihm das Kind reicht, der Körper will sich reflexartig entziehen. Ich sehe einen Mann, der Angst vor diesem Kind hat, Angst, das Kind kaputtzumachen, so wie er vielleicht selbst kaputt war, und Angst vor den Verpflichtungen, die ein Kind mit sich bringt. Aber vielleicht sind das alles nur meine Projektionen, meine Zuschreibungen. Vielleicht war er glücklich, überzeugt davon, dass auch er ein neues Leben beginnt. Es gab noch keinen Krieg, die Zukunft schien breit gefächert, es gab viele Möglichkeiten, sich selbst zu täuschen.

Zum ersten Mal erkenne ich mich in meinem Vater. In seinem Gesicht, seinem Lächeln, seiner Angst und seiner Abwehr.

6.

Mein langjähriger, aber jetzt bereits ehemaliger *fuck buddy* ist 50 plus. Wir vögelten selten, mehr aber auch nicht. Ohne übertriebene Akrobatik. Deshalb kann ich nicht behaupten, dass er mir fehlt. Wir kennen uns seit einer Ewigkeit, genauer gesagt seit acht Jahren. Und die ganze Zeit wussten wir, dass zwischen uns keine Liebe möglich ist. Deshalb machten wir das Beste aus dem, was da war, ein fantastisches Abendessen und wenig spektakulärer Sex, mehr eine formale Geste als ein Ausdruck von Leidenschaft. Goran ist ein erfolgreicher Anwalt, Kunst- und Immobiliensammler. Seit ich ihn kenne, wird sein Körper von Jahr zu Jahr etwas weicher und rundlicher, einzelne Haare sprießen auf den Schultern. Von Jahr zu Jahr gibt er unter dem Druck des Alterns ein wenig mehr auf. Mit jedem neuen Jahr versinkt er ein wenig tiefer in Nostalgie, in Selbstmitleid wegen des Lebens, das er nicht gehabt hat. Möglicherweise lief von Anfang an etwas schief. Er wurde in eine kleinbürgerliche Familie geboren, eine Provinzelite, die nur in Zagreb entstehen konnte. Er wuchs in einer Familie auf, die nur zwei Studiengänge kannte, Jura und Medizin. Wenn das Kind kreativ ist, wird es Anwalt. Sollte es allzu kreativ sein, schickt man es ins Priesterseminar. Goran ist vielleicht ein Künstler. Ein Anzeichen dafür ist die Art, wie er seine Krawatten mit Hemden und

Socken kombiniert. Er verdient einen Haufen Geld. Wie jeder gute Anwalt verwirklicht er sich in Überstunden. Er hat sich nie von seinen Eltern gelöst, nie die Nabelschnur, die Schlinge durchgebissen und das Offensichtliche ausgesprochen. Wörter wie Schwuchtel, Schwuler, Homosexueller haben nie die Schwelle des Hauses auf dem Tuškanac überschritten. Er hatte nie den Mut, sich in diesem Haus mit der Wahrheit in die Luft zu sprengen, in dem auch einige Ustascha und ermordete Juden verschwiegen werden, einige Selbstmörder, Gewalttäter und schwangere Mägde. Er setzte den Fluch seiner Familie und seiner Klasse fort, die Vermeidung der offensichtlichen Wahrheit. Langsam werden die Wände, Schuhe, Unterwäsche, ägyptische Baumwolle und Reisefotos feucht von Nostalgie. Goran hätte sich die Freiheit leisten können, aber er traute sich nicht. Die Auswahl möglicher Partner ist für die Männer in einem so großen Schrank übersichtlich. Er muss Männer wählen, die sich – wie Liebhaberinnen – nur im Geheimnis und in Schamgefühlen verwirklichen. Goran ist ein ausgezeichneter Gesprächspartner, luzider Exzentriker und hervorragender Koch. Er ist kein guter Liebhaber. Er wäre ein idealer Ehepartner für jemanden, für den *daddy issues* nicht nur ein sexueller Fetisch, sondern auch eine Klassenfrage sind. Goran ist eifersüchtig auf mein Leben, und er würde auf alle seine Wohnungen und einen Großteil der Kunstwerke verzichten, um ein Wochenende, eine Woche in meiner Welt leben zu können. Es gefällt ihm nicht, dass er in eine andere Stadt fahren und sich nur als Tourist das Gefühl der Freiheit erkaufen kann. Lieber würde er in der eigenen Stadt ausgehen, in einer trashigen Gay-Bar tanzen oder seinen Freund in die Oper ausführen, zusammen mit der Mama. Goran denkt, dass ich allzu zugeknöpft, negativ, zynisch und undankbar bin. Goran ist die einzige Person, der ich erlaube, meine Lyrik zu lesen. Meistens gibt er sie mir mit Notizen zurück, er hat ein besseres Wort gefunden, eine kleine Inversion, einen kraftvolleren Reim. Er findet immer einen Weg, um das Subjekt noch mehr zu verbergen, das Begehren noch mehr zu enthüllen, den Humor noch mehr rauszulassen. Er gibt keine Werturteile ab, über Qualität oder darüber, wo ihn das hingeführt habe, spricht er nicht. Als er gerade eine Weinflasche öffnet, die für meinen Gaumen zu hochwertig ist, klingelt es an der Tür.

»Ich möchte dir meinen Partner vorstellen«, sagt Goran. Ein exaltierter Twink betritt die Wohnung. Antun, ein 21-jähriger Student der Komparatistik und Kunstgeschichte, obwohl er vermutlich die Kunstgeschichte aufgeben werde, da sie ihm altmodisch anmute, sie sei nicht das Wahre, irgendwie fühle er sie nicht, allerdings sei er fast fertig, sodass er vielleicht doch zu Ende studieren, aber für den Master etwas anderes wählen werde, wahrscheinlich Film, experimentellen Film. Männer wie Goran, ob hetero oder homo, in diesem Alter und der damit verbundenen Krise, versuchen häufig, die Zeit zurückzudrehen, und wählen Partner:innen, die in ihrem Leben den Punkt symbolisieren, an dem sie steckengeblieben sind, als die Ansprüche einer besitzergreifenden Mutter, ihrer Klasse oder des Familiengeschäfts die Macht über ihr Leben übernahmen. In Gorans Fall war das von Anfang an so. Antun sieht keinen Tag älter aus als 16. Er setzt sich neben mich, trinkt etwas von meinem Wein und greift nach meiner Hand. Ich erschrecke bei dem Gedanken, dass es sich hier um eine Falle für einen Dreier handeln könnte.

»Goran hat mir deine Gedichte zu lesen gegeben. Eigentlich hat er sie mir nicht gegeben, aber ich habe sie gefunden und gelesen. Ich konnte nicht aufhören. Sie sind wunderschön. Ich habe so etwas noch nie gesehen. Und es hat mich wirklich ... Also, ich weiß nicht. Ich hasse Lyrik, ich verstehe das alles nicht. Aber es hat mich ... Ich weiß nicht. Ich denke, dass mehr Menschen es sehen sollten. Also echt ...«

Mein Herz schlägt, die Spucke trocknet aus. Schamgefühle drohen mich zu ersticken, sie umhüllen mich.

»Ich meine das ernst. Ich denke, dass mehr Menschen diese Gedichte lesen sollten.«

»Das verstehe ich nicht. Ich versteh es echt nicht. Wie hat er sie nur gefunden. Ich habe sie dir gegeben ...«

»Red keinen Scheiß«, Goran warnt mich.

»Ich mache gerade ein Praktikum beim Fraktura Verlag ... Sie haben mich beauftragt, nach neuen Stimmen zu suchen ... Die neue Generation. Wir haben einen Wettbewerb für neue Stimmen ausgeschrieben. Das macht man jetzt so, ich meine, in der Welt. Bei uns noch nicht. Aber wir müssen euch finden. Ich denke, dass du dich bewerben solltest. Echt. Entschuldige, dass ich sie einfach gelesen habe ... Aber sie waren so schön. Und weil ich schwul bin ...«

Meine Schamgefühle schmecken nach Magensäure. Jede Familie ist invasiv, sogar die, die man gewählt hat.

Fuck. Ein Dreier, wie ich ihn nicht erwartet habe. Die beiden werden mir das Gehirn durchficken und direkt auf mein kaputtes Ego abspritzen.

7.

Ich bekomme so selten Post, dass ich mir um den verlorenen Schlüssel für den Postkasten bisher keine Sorgen gemacht habe. Die hin und wieder ankommenden Prospekte schiebe ich mit dem Finger heraus. Doch heute sehe ich einen hübschen Umschlag im Kasten. Mit Gewalt zerre ich ihn heraus, wobei er etwas zerknittert und beschädigt wird. Eine Hochzeitseinladung. Fuck. Ich habe kein Geld für perfekte Schwulenhochzeiten. Ich stürze in mein Souterrain, eine romantische Bezeichnung für einen Keller. Ich nehme das Handy zur Hand, während ich mit dem Finger über die verschnörkelte Typographie streiche. Ich rufe Zoja an, meine beste Freundin.

Zoja hat vor einigen Jahren ein Kind bekommen. Dieses Kind ist entstanden wie die meisten von uns. In der Beziehung kriselt es, aber anstatt sich zu trennen und sich für Einsamkeit, Selbständigkeit und Einsicht zu entscheiden, macht das Pärchen ein Kind. Ein Junge, der jetzt alle Neurosen dieser instabilen Verbindung aufsaugt. Die Mutterschaft ist nichts für Zoja, sie löst bei ihr Paranoia und das Gefühl tiefer Hoffnungslosigkeit aus. Die Schwangerschaft hatte sie für kurze Zeit beruhigt, aber danach kehrte die Beklommenheit zurück. Ein Kind vermittelt das Gefühl der Ewigkeit. Ich habe ihr rechtzeitig gesagt, dass ich das Ganze für Schwachsinn halte und dass ich keinen Bock habe, mir weiterhin ihr Unglück anzuschauen. Danach kühlte unser Verhältnis merklich ab. Seit kurzem sehen wir uns wieder ab und zu. Der Kleine ist süß, er liebt mich, aber ich fühle mich unwohl in seiner Anwesenheit, da ich so leidenschaftlich seine Abtreibung befürwortet hatte.

Zojas und meine Freundschaft fußt auf Klatsch und Tratsch, auf Kommentaren und abschätzigen Bemerkungen, auf dem zynischen Zischen, mit dem wir die Leben von jenen Menschen ins Lächerliche ziehen, mit denen wir früher einmal befreundet waren. Die Worte tröpfeln, bewässern unsere Gespräche, nur damit wir nichts sagen, nichts zugeben und nicht über unsere eigenen Gefühle sprechen müssen. Unsere Freundschaft besteht nur aus dem Vermeiden, dem Umschiffen ernsthafter Themen. Deshalb konnte sie so einfach in die Brüche gehen, als eine einzige einfache Wahrheit ausgesprochen wurde. Darum vermeiden wir jegliches Sprechen über uns selbst. Es geht immer nur um die anderen.

Janko ist einer unserer Freunde, der jetzt in London lebt und es geschafft hat, erfolgreich und immer noch wohlhabender zu werden. Von unserer Freundschaft ist nur eine relativ aktive Gruppe auf Viber übriggeblieben, wo ab und zu Witze, Memes oder Selfies gepostet werden. Janko, Zoja und ich waren früher unzertrennlich, immer zu dritt. Die ersten zwei Jahre an der Uni warteten wir darauf, dass sich Janko outete. In der Zeit hat er es geschafft, seine Unschuld mit Zoja zu verlieren. Als er sich geoutet hatte, erklärte sich Zoja zur Königin der Schwulen.

Die beiden bezahlten meine Psychotherapie nach Mamas Unfall. Ihre Eltern stellten in den leeren Zimmern ihrer Häuser jeweils ein Bett für mich auf, nachdem wir festgestellt hatten, dass es für mich besser wäre, nicht allein zu sein. Wir waren immer zu dritt, bei jeder Party, jeder Reise, in jeder Prüfungsphase. Ecstasy, ein Gramm Speed und sämtliche Geheimnisse teilten wir durch drei. Wir waren die urbane Familie, nach der wir uns gesehnt hatten. Zoja hatte Brüder gefunden, die keine Skins waren. Janko hatte sich vorläufig von den Erwartungen seiner beinahe aristokratischen Eltern befreit, und mir eröffnete sich ein Zugang zu Zagreb, der neuen Stadt.

Dann wurde Janko eines Abends übel zugerichtet, da er auf der Straße einen Jungen geküsst hatte. Der Junge entkam. Janko wurden das Nasenbein und zwei Rippen gebrochen, zwei Vorderzähne ausgeschlagen. Unbehagen keimte zwischen uns. Die Wirklichkeit brach in unsere Hipster-Welt ein. Zoja gab nie zu, wie erschrocken sie war. Ich gab nie zu, dass die Angst mich gepackt hatte. Jeder Angehörige einer Minderheit ist sich bewusst, dass Begegnungen auf der Straße tödlich enden können. Zu bestimmten Zeiten häufiger oder seltener. An bestimmten Orten mehr oder weniger. Janko war auf dem Weg der Besserung. Aber er entschloss sich fortzugehen. Er sagte noch: »Ihr könnt euch ruhig weiter selbst täuschen. Aber hier gibt es keine Zukunft für mich, für uns. Auch ihr werdet eines Tages aufwachen und begreifen, dass ihr Kompromisse macht, dass ihr euch mit zu wenig zufriedengebt. Jeden Tag mit etwas weniger. Ja. Es wird so sein.

Jeden Tag immer weniger Hoffnung und immer mehr Scheiße.«

Aus ihm sprachen seine Frustration, aber auch seine Privilegien. Fakt ist, dass er es sich leisten konnte, nach London zu gehen und dort weiterzustudieren. Für Zoja und für mich war das unmöglich. Und er konnte nicht verstehen, dass das keine Kompromisse waren, sondern die Gegebenheiten des Lebens. Seinen Eltern war es sowieso lieber, dass ihr schwuler Sohn irgendwo im Ausland sein schwules Leben fortsetzte, als dass sie darüber mit der ganzen Familie diskutieren mussten. Es gab keine Zweifel daran, dass Janko es schaffen würde, ein *consultant* oder etwas Ähnliches mit einer englischen Jobbezeichnung zu werden, dass er einen gutaussehenden Bräutigam finden würde, ebenfalls einen Kroaten, der vor der ›Barbarei‹ geflüchtet war, und dass die beiden ihre erste gemeinsame Immobilie wunderschön einrichten würden. Wenn er eine schlechte Nachricht in der Zeitung liest, ruft er uns besorgt an und fragt, was in Kroatien geschehe und wann wir beabsichtigten, endlich aufzuwachen. Meistens kommt er im Sommer, und dann müssen wir uns anhören, wie schrecklich Kroatien sei, als wüssten Zoja und ich nichts von Korruption, Chauvinismus, Hass, Arbeitslosigkeit, den Schwächen der mageren einheimischen Demokratie und der Korrosion der Kultur, als würden wir all das nicht leben. Gleich danach müssen wir uns anhören, wie wunderschön Kroatien sei und wo er und sein Bräutigam überall gespeist hätten.

Jetzt heiratet Janko. Zoja und ich haben uns auf seine

perfekte Schwulenhochzeit mental vorbereitet, noch bevor so was überhaupt gesetzlich möglich war.

Weder Zoja noch ich dürfen uns allzu sehr darüber lustig machen. Sie, da sie das Kind bekommen hat. Ich, weil ich so viel Angst vor Beziehungen habe, dass bereits das zweite Date bei mir eine Panikattacke auslösen kann.

Aber wir würden uns gerne lustig machen. Doch anstatt das zu tun, besprechen wir, ob wir genug Geld für ein Geschenk haben und für die Organisation des Junggesellenabends, sollte er sich so etwas wünschen. Zoja überlegt, ob noch ein Honorar aussteht, und ich gehe meine dürftigen Ersparnisse durch. Im Hintergrund schreit das Kind.

So habe ich mir das Erwachsensein, das Reifsein nicht vorgestellt.

8.

Ich sollte duschen, vielleicht wichsen. Ich betrachte meinen Körper im Spiegel. Ich sollte Sport machen. Die Genetik hat mit ihrer Arbeit begonnen. Ich betrachte meine Lachfalten, die sich eingeprägt haben, ein Beweis dafür, dass ich nicht immer so daneben war, dass ich einmal über einen Sinn für Humor verfügt habe. Ich weiß nicht, wann ich aufgegeben habe, wann die Frustration meine Welt übernommen hat. Vielleicht als Janko zusammengeschlagen wurde oder als auch andere fortgingen. Eines Tages schien jeder einen Plan für das eigene Leben zu haben, nur ich nicht. Es war, als folgten alle meine Freunde ihren Träumen. Die einen wollten erfolgreiche Künstler werden, die anderen mit 5000 übermäßig gutaussehenden Typen schlafen, die dritten den Ängsten abschwören, Zoja wollte die Agonie des Erwachsenenlebens unterbrechen. Alle, die ich kenne oder die ich einmal gekannt habe, schienen innerhalb eines Jahres anzufangen, ihre Potenziale zu verwirklichen, die Botschaften aus dem großen Weltall zu dekodieren, nur ich nicht. Nur mir kam die Zukunft wie ein weißes Rauschen vor. Seit ich ein Twen war, ließ ich einen Strom möglicher Leben hinter mir, die ich versäumt oder aufgegeben habe oder für die ich zu spät dran war. Ich stehe nackt da und zögere beides hinaus, das Duschen und das Wichsen. Ich betrachte mich nur im

Spiegel, mein Körper ist ein noch immer nicht verwirklichtes Potenzial. So war das immer schon. Ich bin faul, ohne Arbeitsgewohnheiten, mein Selbstvertrauen ist gering, ich bin unzuverlässig und pessimistisch. Am Ende hatten alle recht, mein Alter, Janko, unsere Lehrer. Die Welt ist auf einmal effizient geworden. Jeder ist auf einmal Herr über das eigene Schicksal. In der Krise wurde jeder sein eigenes kleines Business, sein Tempel und sein Freizeitpark. Man begann plötzlich, Tarot-Meister und Astrologen zu konsultieren, Gurus und ›Lehrer‹, man erforschte persönliche Zahlen und Numerologie, wandte autogenes Training an, benutzte Minerale und Kristalle, häufig mit ›Energie‹ geladen, man ließ sich von Experten seine 22 vorangegangenen Reinkarnationen deuten, trank Spirulina, dann Kurkuma und dann Schwarzkümmelöl, die herkömmliche Kippe wurde durch eine gesunde ersetzt, die technologisch fortgeschrittene E-Zigarette, plötzlich nahm man Mikrodosen LSD und Makrodosen von allen möglichen Sachen, die Drinks wurden dickflüssig und grün, die Früchte faul, und das Brot füllte sich mit Nüssen, der Urlaub wurde für Detox genutzt, alles wurde von schlechten Energien gesäubert, Räume und Gedanken, und vor allem die Menschen. Nur ich nicht. Ich blieb energetisch blockiert, vibrierte in niederer Frequenz, nutzte die Macht des gegenwärtigen Augenblicks nicht aus, meine Ziele waren weiterhin unklar, ich stand ohne tägliche Affirmationen da. Außerdem war ich zu arm für diese Kurse, Workshops, Therapeuten, Berlins, Londons und all die anderen Dinge. Das konnte ich meinen Freunden nicht klarmachen. Die Zukunft ist ein Potenzial, das für jede Klasse anders bemessen ist. Heute gehören die Angst, das Übergewicht, der Zynismus, die Frustration und der Pessimismus den Armen. Ich habe es probiert und bin gescheitert. Das Schicksal ist eine ökonomische Größe. Meines hat mich eingeholt. Ein Misserfolg bedeutet für die Armen Schuldgefühle und für die Reichen eine weitere Gelegenheit zu einem Motivationsposting in den sozialen Netzwerken.

Mein Badezimmer wird von Frustration und milder Verzweiflung überflutet. In der Hand eine weiche, halbe Erektion. Im Spiegel das Bild meines Vaters. Mit der Zeit gleitet sein Gesicht immer mehr meine Wangen entlang, wie ein Geist. Er hatte recht. Ich bin das geworden, wovor er mich gewarnt hat. Menschen wie uns fallen die Dinge nicht in den Schoß, sie gelingen uns nicht. Wir haben niemanden, der uns helfen könnte. Wir müssen alles allein machen. Und dabei kommen wir an unsere Limits, wir haben unsere Grenzen. So formulierte er es, als ich mich an der Uni eingeschrieben hatte. Er sagte, dass er mir nicht werde helfen können, und dass dort alle jemanden hätten. Und er hatte recht. Er sagte, Kroatien sei kein Land für mich, es sei grausam und wütend, und die Menschen seien hier blutrünstig. Und er riet mir fortzugehen. Doch ich bin geblieben, in einem Land, in dem mich ein kleiner Austausch von Zärtlichkeiten in der Öffentlichkeit das Schlüsselbein kosten kann, die Schädeldecke oder das Leben. Und er hatte recht. Ich bin genau zu dem geworden, wovor mein Vater mich gewarnt hat. Ich bin zu dem geworden, worüber ich früher nur die Augen verdreht, was ich überhört und jahrelang ignoriert habe.

Mutterseelenallein, eine unambitionierte, erfolglose und zynische Schwuchtel.

Ich beruhige mich, indem ich ziemlich kümmerlich abspritze.

9.

Nach vier verpassten Anrufen wird der fünfte entgegengenommen. Mein Vater spricht meinen Namen aus.

»Scheiße und nochmals Scheiße, ich kann echt nicht kapieren, warum du den Hörer nicht abheben und mich anrufen kannst. Verfluchte Scheiße, mir ist nicht klar, was daran so schwer sein soll. Du weißt, dass ich dich nicht anrufen werde und ausfragen und langweilen. Himmel, Arsch und Zwirn, dass du dich nicht einmal an mich erinnerst und mich fragst, ob es mir gut geht. Ich könnte ja glatt im Sarg enden, unter der Erde, du würdest davon nichts mitbekommen.«

Er spricht wieder meinen Namen aus.

»Ich weiß nicht, was für ein Quatsch das sein soll. Ich erwarte echt nichts von dir. Du brauchst mich nicht zu den Ärzten zu begleiten. Ich erwarte nicht von dir, dass du meinen Arsch abwischst, sollte es mit mir bergab gehen. Ich habe das schon vorbereitet, habe mich schon um die Pflege gekümmert. Aber verflucht noch mal, dass du mich nicht anrufen und fragen kannst: Wie geht es dir? Wie geht es dir?! Das geht mir nicht in den Kopf. Vielleicht bin ich zu blöd. Was weiß ich? Vielleicht bin ich zu dumm, um das zu verstehen, aber mir ist das nicht klar.«

Er sagt wieder meinen Namen.

»Es geht mir am Arsch vorbei. Ich meine es wirklich. Du musst es nicht tun. Wenn es dir nicht wichtig ist, wenn es dich nicht juckt. Du kannst mir den Buckel runterrutschen. Meinetwegen brauchst du auch nicht anzurufen. Ich habe meinen Vater auch nicht angerufen, als der im Sterben lag. Aber ich will dir was sagen. Hör mir jetzt zu.«

Er sagt wieder meinen Namen.

»Es wird dir leidtun. Wenn ich sterbe und wir haben gar nicht mehr miteinander geredet, wird dir das leidtun. Denkst du denn, dass ich keine Gewissensbisse habe? Aber ich kann dich ja nicht zwingen. Und ich werde es nicht tun, du kannst mich mal. Wenn du es nicht nötig hast, habe ich es erst recht nicht. Ich habe ja jemanden, mit dem ich mich unterhalten kann. Und du …«

Er sagt wieder meinen Namen, dieses Mal etwas freundlicher.

»Du hast dein Leben. Ich verstehe das. Und dein eigenes Programm. Und deine Arbeit. All das. Du musst deinen Spaß haben. Ich versteh das … Aber verflixt und zugenäht, jedes Mal geht im Leben etwas beschissen schief. Auch ich hätte es lieber, wenn wir uns nicht so unterhalten müssten. Irgendwie aufgezwungen. Verstehst du … Hast du mit dem Schreiben angefangen? Das solltest du nicht aufgeben. Jetzt echt.«

Er sagt wieder meinen Namen. Und dann schweigen wir beide. Wie früher.

Er sagt wieder meinen Namen.

»Hör mal zu. Ich werde dich nicht mehr anrufen. Echt nicht. Besuch mich dann, wenn du kannst. Wenn du willst. Entschuldige bitte, dass ich herumgebrüllt habe. Ich hätte gerne, dass wir etwas Zeit miteinander verbringen. Dass wir uns unterhalten. Nur wir beide. Nur das … Also, ich weiß nicht. Ich hoffe wirklich, dass es dir gut geht. Und dass alles irgendwie läuft und nicht im Arsch ist. Ich denke, dass du mehr könntest als dieses Hotel da. Aber ich mische mich ja nicht ein. Auch mir ist es auf den Senkel gegangen, wenn sich einer in meine Arbeit eingemischt hat. Aber ich hätte wirklich gerne, dass du Spaß hast. Und dass es dir gut geht. Und dass dir alles scheißegal ist. Und dass du dein Leben genießt. Das hätte ich gerne. Da ich denke, dass das –«

»Fick dich, Papa!«

Und ich legte schnell auf. Die Schuld schnürte mir die Kehle zu. Sie schnitt mir den Atem ab. Ich hatte den Rest der Pubertät ausgespuckt, der sich seit Jahren in meiner Lunge abgelagert hatte. Die Wut, die ich beinahe vollständig vergessen hatte, hustete ich in diesen beiden Worten aus. Mindestens 15 Jahre zu spät. Mein Vater war jeder Verantwortung aus dem Weg gegangen, die mit einer befruchteten und nicht ausgeschabten Eizelle einhergeht. Mein Vater war immer irgendwo anders, außer Landes, außerhalb der Stadt oder der Wohnung. Er erwartete von mir, dieses Loch zu füllen, das er in der Wohnung und seiner Ehe hinterlassen hatte. Verständnis zu zeigen für seine Ehefrau, meine Mutter. Das »Fick dich« war für jedes »Du musst sie verstehen, sie ist so empfindlich«. Dieses »Fick dich« war für jeden Telefonanruf, bei dem er mir Instruktionen gegeben hatte, wie ich seinen Platz ausfüllen sollte. Mein Vater verlangte nun die Wahrheit, aber er verstand nicht, dass man für die Wahrheit ein Vertrauensverhältnis aufbauen muss. Das war die Vermeidungsmethode, die er vermutlich übernommen hatte von seinem Vater. Und die er mir als Erbe hinterlassen hat.

Wenn du etwas brauchst, komm zu mir. Und so redete er sich ein, dass er immer für mich da war, wobei er gleichzeitig sicher sein konnte, dass ich ihn in Ruhe lassen würde. Denn wie ich viel später begriff, kann ein Kind nicht von allein wissen, wann und warum es eine erwachsene Person braucht. Die Eltern sollten so etwas voraussehen. Dafür muss man sich unterhalten. Meine Erinnerungen an ihn bestehen aber aus langen Schweigestunden im Auto.

Das war ein »Fick dich« für seine Angst vor Verantwortung, sein Verschwinden, sein Fortschleichen aus der Wohnung. Und das war vor allem ein »Fick dich« für die Zuschreibung von Schuld, die eine Art Erbschaft werden sollte.

Ein »Fick dich«, das Gänsehaut auslöste.

10.

Auf den Knien vor dem Regal öffne ich die Schubladen. Ich betaste alles, als würde ich Helen Keller in einem B-Movie spielen. Ich öffne die Pappmappen, die administrativen Beweise für mein Leben fallen heraus, ich blättere die Papiere durch. Ich weiß, wonach ich suche.

Vor zwei Jahren versuchte ich, in Berlin zu leben. Dort kam ich nicht gerade gut zurecht. Ich hatte einen schlechteren Job als hier. Ich verdiente zu wenig, um in die Welt der ›feinen Leute‹ eintauchen zu können. Mein Gehalt ermöglichte mir keine unendlichen Wochenenden, keinen Brunch nach dem anderen mit Bio-Lebensmitteln und knackigen Hintern. Aber ich hatte eine Bekannte, bei der ich ab und zu auf die Kinder aufpasste. Sie war die liberalste Person, die ich je kennengelernt habe. Als ich mich verabschiedete, steckte sie mir eine rote Mappe zu. Sie sprach meinen Namen mit einem lustigen Akzent aus.

»Hör mal, wir leben in einer Postrezession. Heute kann alles Mögliche ein Job sein. Alles andere wird verschwinden. Du hast deine eigene Welt. Also hör mir gut zu. Du sollst im Leben wenig arbeiten, aber für viel Geld. Nur so wirst du dich dir selbst widmen können, deinem Schreiben. Du bist viel zu zartbesaitet für einen Job in einer großen Firma. Das hier hat eine Freundin von mir erfunden. Ich habe ihr gesagt, dass ich es dir geben werde. Wenn es dir einmal schlecht gehen sollte, lern das hier auswendig und verkauf es an verschiedene Firmen. Die Welt wird immer dümmer. Du bist sensibel genug, um das hier durchzuziehen. Und du wirst damit genug verdienen. Es gibt genug Geld in der Welt, aber es wird auf bescheuerte Weise ausgegeben. Das hier ist mein Geschenk an dich. Als Dankeschön für alles. Es freut mich wirklich, dass ich dich kennengelernt habe.

Wie all die anderen Menschen aus Berlin habe ich auch sie nie wiedergesehen. Jetzt halte ich die rote Mappe in Händen, die nur unmerklich feucht geworden ist, eine Bescherung der Souterrainwohnung. Auf der Innenseite steht großgeschrieben »Ich liebe dich«. In der Mappe sind ungefähr 50 Blätter, das meiste sind Präsentationen. Das hier ist Gold wert, denke ich. Ich überfliege das Material. Es handelt sich um Trainingsprogramme für Angestellte von großen Firmen, eine Kombination aus New Age, Selbsthilfe, einer Sammlung von schrecklich naiven Psychotests und etwas Psychodrama. Einer der Hinweise für den Trainer lautet, es sei wichtig, dass der Angestellte mit der Selbsteinschätzung zufrieden sei. Ein anderer, dass ich nie vergessen solle, wie einsam diese Menschen seien. Die letzte Kombination aus Übungen handelt von Vertrauen, von Nähe, und baut vor allem auf Umarmungen auf. Ich hatte einmal mit einem Schauspielstudenten geschlafen, und jetzt erkannte ich einige der Übungen, von denen er berichtet hatte.

Mein Vor- und Nachname, *consultant, corporate trainer, growth for businesswo/men.* Ein Adrenalinstoß, Euphorie, als hätte ich zwei dicke Linien Koks gezogen. Sich selbst zu einem Business zu machen, war noch nie so leicht. Nur noch eine Website mit Content füllen, mehr mit Bildern als mit Worten, alles andere ist bereits in einem vorteilhaften Template vorhanden. Vor nicht allzu langer Zeit waren viele meiner Freunde Fotografen, Amateure oder Profis. Der Beweis dafür ist auch der PORTRÄT-Ordner auf meinem Desktop. Darin kann man meine etwas bearbeiteten Porträts finden, und hie und da ein Dickpic, das zu löschen ich nicht übers Herz brachte.

Die Worte sind schon geschrieben, sie müssen nur übersetzt werden. Die Finger gleiten über die Tastatur, die Konzernsprache wird in New Age gewälzt, dann in die populäre Psychologie eingetaucht und im heißen Öl ungesunder Ambitionen frittiert. Wir leben in einer Zeit, in der jeder neu definiert werden kann, neu erfunden, zu einer Marke umgedeutet. Das werde ich jetzt auch tun. Ich werde endlich mein Leben an den Eiern packen. Ich werde allen zeigen, dass ich mehr bin als eine weinerliche, verlorene Schwuchtel, ein Dichter. Ich werde nicht mehr verloren sein in Zeit und Raum. Nicht mehr zynisch. Ich werde an mich glauben, an meine Botschaft und meine Mission. Ich werde mich nicht mehr abwerten, ich werde an meinen Wert glauben. So und nicht anders. Ich werde nicht mehr im Souterrain leben und mich mit wenig begnügen. Ich werde mich der Epoche anpassen, eine CK-Unterhose tragen, einen Instagram-Account anlegen und dort Szenen des Überflusses posten, Kosmetik für Männer, mein neues Sixpack und ein Gucci-Kissen.

Ich werde mich vor Arbeit überschlagen, nach 40 wird die Zeit für Erholung kommen, ich werde mir eine Wohnung kaufen, die eigene Klasse und den eigenen Schatten überspringen, den Vater begraben, einen Mann finden und diese Reihe grandios fortsetzen, bis der Frust dieses unzähmbare Template zerreißt. Das hier muss Kruno für mich zu Ende machen, entscheide ich. Er schuldet mir sowieso einen Gefallen, da ich für ihn umsonst etwas übersetzt habe.

Ich blicke zu meinem Schreibtisch. Die rote Mappe hat all diese Papiere ausgeschüttet, ihr Potenzial ist explodiert. Die schwarze Mappe, auf der nur verschämt *Hotel Lebewohl* steht, liegt ganz akkurat da, ungeöffnet, versteckt unter der aufregenden Business-Idee, unter meinem Neuanfang, von dem ich fest überzeugt bin.

11.

Hanas Besuch überraschte mich. Wir haben bestimmt länger als ein Jahr nichts mehr voneinander gehört, nicht einmal die höflichen Standardfragen wie: Wann kommst du in unsere Heimatstadt, zu Weihnachten oder zu Ostern? Wir haben uns nicht einmal mehr zu den letzten Geburtstagen gratuliert. Hana und ich teilen unsere Kindheitserinnerungen. Ich kann mich an keinen Tag ohne sie erinnern. Wir waren zusammen im Kindergarten, in der Grundschule, im Gymnasium. Ich kenne den Geruch ihrer Wohnung und die schneidende Stimme ihrer Mutter, sie sind ein Teil meiner Kindheit, meines Erwachsenwerdens. Wenn bei uns die Dinge kompliziert wurden, nahm mich Hana mit zu sich nach Hause. Hana und ich können auch miteinander schweigen. Das ist das einzige Privileg, wenn man jemanden seit der Kindheit kennt. Die neue Hana kenne ich vielleicht gar nicht, ich weiß nicht, wie sie lebt, aber ich kenne jeden ihrer Mechanismen, ich kenne die Geschichte ihres Charakters. Wir können sogar die Neuigkeit unerwähnt lassen, dass sie eine Lesbe ist. Sie war das schon immer, aber jetzt lebt sie endlich mit einer Frau zusammen. Und das macht Sinn. Ich zucke mit den Schultern. Sie und ihre Frau sind erfolgreich und reich und haben ihr erstes Haus gekauft, ohne große Hilfe von der Bank. Sie denken über eine Katze nach oder über ein Kind. Pause. Sie ist mit Janko in Kontakt, aber nicht allzu oft. Hana spricht wenig, und beinahe nie tratscht sie. Sie stellt fest, dass die beiden eine schöne Wohnung haben, im Hipster-Teil eines hippen Viertels. Janko hat einen neuen Job und deshalb etwas mehr Zeit. Janko und sein Verlobter denken über einen Hund nach oder über ein Kind. London ist herzlos, stellt Hana fest, aber ein Mensch kann leicht seine eigenen Prioritäten festlegen. Du arbeitest viel und hast ein schönes Haus, kommst zur Ruhe, und dann, in der zweiten Lebenshälfte, genießt du das Nichtstun. Sie spricht das wie eine Definition aus, in der kein Platz für mich ist. Ich arbeite wenig, wohne in einer gemieteten Souterrainwohnung, ich bin Single, und das Nichtstun genieße ich bereits jetzt.

»So meinte ich es gar nicht. Du bist Künstler«, ihre Rechtfertigung klingt schwach.

»Ich bin Rezeptionist.«

Ich versuche, Hana Zagreb schmackhaft zu machen. Im Angebot habe ich teures Frühstück in einem neu eröffneten Restaurant, das drei Varianten von Avocado-Toast auf der Karte hat, ich gehe mit ihr in die Straße, die bei den Touristen angesagt ist. Es kommt mir vor, als hätte die Stadt in den letzten zwei Jahren ihre Identität verloren, sie hat sich dem touristischen Level Mitteleuropas angepasst. Die gleichen Hamburger, das gleiche sahnige Eis, die gleiche Authentizität, die gleichen betrunkenen Touristen. Die örtlichen Jugendlichen drängen sich in zwei kleineren Cafés und einem Nachtclub. Wir leben in einer Zeit, die Städte zu Fotokulissen gemacht hat.

Hana ist auf der Durchreise zu ihren Eltern, sie fährt in unsere Heimatstadt.

»Warum kommst du nicht mit?«

Rechtfertigungen fließen über meine Lippen und durch meinen Hals. Erstens, zweitens, drittens. Ich schulde ihm nichts, wiederhole ich hartnäckig. Warum sollte ich mein Leben ändern, frage ich. Was hat er für mich getan? Es ist eine rhetorische Frage. Hana schweigt, denn es gehört zur Natur unseres Verhältnisses, dass sie schweigt und ich nicht aufhören kann zu sprechen.

»Ich frage ja nur. Ich denke, dass dir etwas Verantwortung im Leben guttun würde.«

Ich verdrehe die Augen. Wir umarmen uns nicht und küssen uns nicht. Wir stehen am Bahnhof. Auch die Züge stehen.

»Hast du je darüber nachgedacht, Vater zu werden?«

Nein. Nein. Fuck. Fuck. Nein. Nein. Fuck.

»Nein«, lüge ich. »Vielleicht.«

»Ich denke, dass ...«

»Hana, entspann dich.«

»Schau mal. Ich werde zu Hause sein. Und wenn du dieses Chaos geregelt hast, würde ich gerne etwas mit dir besprechen.«

Nein. Nein. Fuck. Fuck. Nein. Nein. Fuck.

Hana steigt in den neuen Niederflurzug ein. Er ist angenehm klimatisiert. Diese neuen Züge verfügen über Wi-Fi und man kann darin sein Handy aufladen. Man braucht nicht mehr eine Stunde in unsere Stadt, sondern nur noch 50 Minuten. Insgesamt wäre das eine Ersparnis von 20 Minuten, sollte ich meinen sterbenden Vater regelmäßig besuchen. Das würde auch die Möglichkeit eröffnen, in meiner Heimatstadt zu leben, diese Zeit zu nutzen, um mich mit ihm zu unterhalten, um jenen Mann kennenzulernen, der in meinem Leben wie ein immer anwesender Schatten war. Das Hotel, in dem ich arbeite, liegt nur zehn Minuten zu Fuß vom Hauptbahnhof in Zagreb entfernt. Das wäre machbar. Ich würde in der großen und luftigen Wohnung wohnen, auf der dritten Etage mit einem Balkon, ohne Kakerlaken und Mäuse, in meinem eigenen Zimmer.

Der Zug fährt los, verschwindet im bebenden Boden am Horizont.

Ich laufe durch einen Schwarm aus Rucksäcken und fettigen Haaren.

Nicht nur die Zeit, auch das Denken verlangsamt sich im Sommer.

12.

Die Menschen bei der Arbeit verschwinden, als wären wir wieder im Kriegsjahr 1991. Früher verschwanden sie im Sommer, weil sie irgendwo eine besser bezahlte Saisonarbeit bekommen hatten. Jetzt verschwinden sie einfach nach Irland oder nach Deutschland, immer wenn das Fass überläuft. Mein Lieblingskollege erschien einfach nicht. In der E-Mail schrieb er, er fahre nach Irland, und wir könnten ihn mal am Arsch lecken. Er würde lieber den Dreck anderer Leute wegwischen, als weiter die ganze Scheiße zu ertragen. Damit meinte er wohl den schamlosen und kometenhaften Aufstieg unseres 24-jährigen Kollegen, den Sohn eines selbstverständlich rechten Lokalpolitikers. Zumindest vermute ich das. Vor mir liegt eine lange, ereignisarme Nacht, angefüllt mit derartigen Gedanken. Die Stadt ist bereits halb leer. Zwischen Mitternacht und zwei Uhr ist es immer am belebtesten. Die Touristen werden irgendwann aufgeben und endlich akzeptieren, dass Zagreb eine langweilige Stadt ist, und dass das Internet sie angelogen hat. Die Dating-Apps werden Erfolge bringen, und die örtlichen Jungs und Mädchen werden zu einem Teil des authentischen Stadtangebots. Und die Ehebrecher sind auch sicherer nach Mitternacht, wenn die Straßen sich geleert haben. Meistens schreibe ich am Abend, ich spiele, zähle die Silben, presse sie in

Reime hinein, setze mich mit dem Sonett auseinander, zumindest tue ich so. Ein Gedicht ist nur ein Gedanke, der seine Form bekommt. Das hilft mir im Kampf gegen die Beklommenheit, es gibt mir Sinn, das Schreiben ist ein kleiner Sieg über die Scham. Doch heute Abend verliere ich. Das Papier saugt sich mit Unbehagen voll, der Bleistift entgleitet meinen Fingern. Ich fühle mich unwohl. Ich fühle mich, als müsste ich erbrechen.

Rechtfertigungen.

So würde ich meine Autobiographie betiteln. Zynismus ist eine Rechtfertigung. An der Rezeption dieses Hotels sucht mich die Nostalgie auf. Ich vermisse Egomanie und Narzissmus. Die Leichtigkeit fehlt mir, mit der ich mich über jemanden lustig machen könnte, einen Einzeiler raushauen, eine kleine Beleidigung, und beobachten, wie jemandem die Spucke übers Gesicht rinnt. Zwischen 20 und 30 verschwindet dieses Fehlen der Empathie, das Leben hinter einer Ecke, jede ungerechtfertigte Überzeugung. Mit jedem weiteren Lebensjahr kommt mir das Leben ein wenig behäbiger vor, ich werde schwerfälliger, die Zeit vergeht langsamer.

Rechtfertigungen.

Wenn ich mich nur traute. Ich beobachte einen verängstigten Jungen, der den Aufzug sucht. Er fährt auf die vierte Etage. Zu dem amerikanischen Geschäftsmann. Ich sehe ihm direkt in die Augen, damit ihn das Adrenalin durchströmt. Und just als er den Aufzug erreicht, zwinkere ich ihm zu.

Rechtfertigungen.

Dieses Wort verlässt mich nicht. Es nimmt den Raum

ein. Mein Haus ist aus Rechtfertigungen erbaut. Ich kann unendliche Listen aus Rechtfertigungen erstellen, über meinen Vater, Berlin, Zagreb, meine Karriere, meine Einsamkeit, mein Erwachsenwerden, über das Aufgeben, die Vier in Mathe, jede abgebrochene Beziehung und jedes unveröffentlichte Gedicht. Ich habe je eine Rechtfertigung für jeden Tag. Ich habe genug Rechtfertigungen für das ganze Leben.

Angst und Scham, Angst und Scham, Angst und Scham. Meine beiden Begleiter. Hinter allem stehen Angst und Scham. Und jetzt wurde die Scham zerschlagen, sie hat sich verstreut.

Eine Gruppe angetrunkener Touristen, ein lachendes Rudel Hyänen, betritt das Hotel.

Rechtfertigungen steht aufgeschrieben auf dem ansonsten leeren Stück Papier.

Ich bekomme eine E-Mail. Kruno, der Designer, der mir geholfen hat, die Website aufzubauen, hat mich einem Freund empfohlen. Ich bekomme die erste Anfrage für ein Coaching. Den Namen kenne ich. Ein kleiner stadtbekannter Streber, der jetzt ein seriöser Geschäftsmann ist. Er hat eine Marketingfirma und ein Restaurant auf einer Insel. Ich google ihn. Er hat Muskeln aufgebaut, trägt weiße, hochgezogene Socken und hat einen sehr kurzen Haarschnitt. Mein Magen verkrampft sich. Muss ich eine Firma anmelden? Wie viel Geld soll ich verlangen? Kann ich überhaupt so viel Bullshit von mir geben?

Genug Zynismus.

Ich bestätige den Auftrag.

Genug Rechtfertigungen.

13.

Vanja.

Vanja ist ultramodern. Wir lernen uns zufällig in der Stadt kennen, beim Ausgehen. Ich tue so, als hätte auch ich ihn erkannt. Vanja ist süß, mehr als gutaussehend. Er trägt ein weißes T-Shirt und eine weiße Hose, und ich bin überzeugt, dass sich irgendwo auf seinem Oberschenkel ein Tattoo befindet. Vanja sieht aus, als wäre er nach dem 27. Geburtstag aufgeblüht, wenn die Mehrheit der Hipster zu welken beginnt, verkommt und schäbig wird. Vanja ist enthusiastisch. Er erklärt mir sofort alles. Erzählt ein wenig über sich selbst. Ich höre kaum zu. Er ist süß. Ich versuche nicht zu lächeln.

Vanja hatte eine große Firma, sie war plötzlich gewachsen, oder vielleicht nicht unbedingt plötzlich, aber es ging alles wahnsinnig schnell, er startete mit 23, und das Ding ging durch die Decke, als Kroatien der EU beitrat. Alles lag in seinen Händen, alles war seine eigene Vision. Und er arbeitete und arbeitete, nichts anderes, den ganzen Tag lang, nur Arbeit, alles wuchs weiter, und er dachte, er werde sich später schon erholen, er fuhr zwar in Urlaub, aber die Erholung stellte sich nicht ein, er fuhr immer an einen anderen Ort, auf einen anderen Kontinent, er habe wirklich die Welt gesehen, man solle ja alles erforschen, Fotos machen, damit die Leute es sehen könnten, er sei also wirklich wie besessen gewesen, und die Firma wuchs und wuchs, und die Arbeit wucherte, er sei einer der Ersten gewesen, die sofort die Bedeutung des Digitalen erkannt hätten, des ganzen Onlinezeugs, vor allem für den Businessbereich.

Er habe gespürt, wie er unglücklich geworden sei, aber wer sei schon glücklich in der Businesswelt. Gott sei Dank habe er nie getrunken, und Drogen habe er immer gehasst. Er kippe sofort um. Sieh mal an, denke ich. Sein Charakter ist ein Gramm Kokain. Er habe auch andere Symptome bemerkt, aber das Tempo war einfach so, zwölf Stunden am Tag reinste Maloche. Er wachte jeden Morgen ein wenig schwerer auf. Ab und zu weinte er. Aber nichts Schlimmes. Er dachte, er sei halt empfindlich. Dann fand er irgendwelche Kurse, um sich zu beruhigen. Und das sei ein Fehler gewesen. Das habe ihn beinahe das Leben gekostet. Das sei ein New-Age-Irrsinn gewesen, aber wie mit Maschinen. Das habe ihn eine fette Stange Geld gekostet, erklärt er mir. »Weißt du, das ist alles auf Verdrängung aufgebaut. Also ich habe jeden einzelnen Gedanken verdrängt. Jeden. Ich bin total von dieser Alten abhängig geworden. Jeden Tag rief ich sie an. Und sie dann jeden Tag: Meditiere, verbinde dich mit dem Universum.

Und alles, egal woran ich denke, verbindet sich sofort mit dem Universum und wird sofort verdrängt.

Am liebsten würde ich mich umbringen. Dieser Gedanke überkam mich, und ich rief sofort diese Milica an, und dann verbanden wir uns. Mit dem Universum, natürlich. Und das jeden Tag, alle zwei Stunden. Ein Gedanke, und ich verbinde mich. Meine Hände zitterten, überall bekam ich rote Flecken, ich musste ständig weinen.

Und die Arbeit wurde immer intensiver. Parallel dazu also immer mehr Séancen bei Frau Milica. Ich sagte ihr, dass ich vor lauter Arbeit bald platzen würde, aber sie meinte, das sei der Transfer aus dem Universum, vom Schöpfer, eine Art Austausch. Du bist blockiert, meinte sie.

Ich sagte, das stimmt, ich bin wirklich blockiert. Und dann legte ich mir noch mehr Arbeit zu. Bam. Bam. Bam. Zwei weitere Klienten. Das halbe Büro ließ sich krankschreiben. Und ich hab auf *business realness* gemacht, wie diese verdammte Miranda Priestly. Sechs Kilo habe ich verloren. Aber immer ruhig bleiben: Es ist ja nichts. Und die ganze Zeit bekomme ich Infos über Burnout. Weißt du, was das Verrückteste war?«

Ich zucke mit den Schultern. Heimlich rücke ich meinen Penis zurecht.

»Ich hatte mir eingebildet, dass diese Menschen … Ich weiß nicht, wie ich dir das erzählen soll. Vermutlich denkst du, dass ich ein totaler Idiot bin. Aber ich hatte mir eingebildet, dass sie vom Universum *disconnected* sind. Also Scheiße. Keine Ahnung, warum ich dir all das erzähle. Ich erzähle viel, wenn ich nervös bin«, schließt er.

Na prima, ganz anders als ich.

»Wie auch immer, eines Tages ging ich in einen Laden, um Skyr zu kaufen. Skyr ist so ein Low-Fat-Joghurt aus Island und das einzige Lebensmittel, das ich damals zu mir genommen habe. Und in dem Laden gab es 5000 Joghurts. Die ganze Wand bestand aus Joghurt. Und ich ging los und suchte und suchte und suchte. Aber nirgends der beschissene Skyr. Einfach nicht da. Ich stehe vor dem Kühlregal, aber mir ist heiß, ich brenne, von innen, meine Haut brennt. Ich fange an zu weinen. Das Letzte, woran ich mich erinnere, ist eine Oma. Der beschissene Skyr ist nicht da. Und dann ging es einfach los. Ich konnte nicht mehr atmen. Ich hatte das Gefühl, dass ich im Feuer gefangen bin, auf dem Scheiterhaufen. Ich brenne und ersticke. Ich dachte, das war's jetzt. Das war meine letzte Verbindung mit dem Universum. Dann bin ich schön im Krankenhaus aufgewacht. Burnout, als wäre ich aus Salem, meine Schilddrüse im Arsch. Ich habe mir alles kaputtgemacht. Keine Ahnung. Dann habe ich Frau Milica angerufen und sie zum Teufel gejagt, die Scheißalte, und habe mit der Psychotherapie angefangen. Die Firma habe ich umorganisiert. Ich habe beinahe alle Angestellten behalten, aber man muss nicht ständig weiterwachsen. Dann stellte ich alles vom Kopf auf die Beine. Ich habe ein Restaurant auf der Insel Vis eröffnet. Ich arbeite weniger und delegiere mehr. Und jetzt bin ich endlich glücklich.«

Und er sieht echt glücklich aus, braun gebrannt und gesund. Ich würde mit der Hand in sein Haar greifen, meinen Arm um seinen Hals legen, ich würde ihn küssen, seinem Atem lauschen, in seinen Hals beißen, in seine Finger, seine Taille würde ich festdrücken, mit seinen Schultern verschmelzen. Stopp, warne ich mich. Du wirst vom Tisch aufstehen müssen.

Lieber spucke ich einen Preis aus, irgendeine Summe. Seinem Gesichtsausdruck nach zu urteilen, habe ich zu wenig gefordert. Netto, füge ich hinzu. Das ist der Höhepunkt meiner Geschäftsterminologie. Wir vereinbaren die erste Sitzung. Und dann sehen wir weiter.

14.

Wir schweigen.

Ich fuhr in meine Heimatstadt, ins Krankenhaus, so schnell ich nur konnte. Sofort nach dem Anruf, in dem es hieß, dass er zusammengebrochen sei, dass es ihm schlecht gehe und dass er auf die Therapie nicht gut anspreche. All das sagte mir eine Krankenschwester. Von ihm kommt kein Wort. Ich sitze neben ihm. Ich bin schläfrig. Er ist alt geworden, das fällt mir jetzt auf. Plötzlich sehe ich die Falten, den Zahnersatz. Es ist sichtbar, dass uns mindestens 30 Jahre trennen. Die Therapie hat seine Konturen verwischt, die Wangen und die Kanten seines Gesichts. Vielleicht hat die Krankheit sie aufgeweicht. Ich möchte gerne weinen, aber es ist mir eher zum Kotzen zumute. Wir unterhalten uns nicht, obwohl wir das tun sollten. Zwischen uns hat sich der Tod gestellt, als wäre er ein Therapeut. Vielleicht spricht er zu uns: »Jungs, jetzt oder nie.«

»Wie geht es dir?«

Eine allzu lange Pause.

»Beschissen. Nur noch kackbeschissen.«

Es entgeht mir häufig, dass mein Vater lustig ist. Langweilig, aber lustig. Ich zucke mit den Schultern. Sagen, dass es bald vorbei sein wird, kann ich nicht. Denn so etwas kann ich gar nicht wissen, und außerdem bedeutet das wirklich nichts. Zum Tod gesellt sich jetzt auch die Scham. Ich müsste mich um ihn kümmern. Und hier sein. Er fragt nicht danach, und ich biete es ihm nicht an. Ich kenne Menschen, die alles liegen gelassen haben und nach Hause zurückgekehrt sind, um dabei zu sein, wenn ihr Vater stirbt. Jahre vergingen, aber die Väter starben nicht. Die Söhne wurden immer älter. Die Väter drohten. Und wenn die Söhne schließlich vollständig kapituliert hatten, wenn sie sich dem eigenen Leben völlig entfremdet hatten, gaben auch ihre Väter die Idee des Sterbens auf. So etwas verlangt mein Vater von mir nicht.

»Beschissen«, sagt er lieber noch einmal und hüstelt kurz.

Ich würde ihm gerne über mich erzählen. Ihm sagen, was es Neues gibt. Doch er weiß nicht mal, was es Altes gab. Er hat sich nie damit beschäftigt. Er hat nie gefragt und nie etwas verlangt. Deswegen schulde ich ihm wohl nichts. Vielleicht spürt er, dass er kein Recht hat, etwas von mir zu verlangen. Wir haben uns nie über Liebe unterhalten, über Sex. Ich weiß nicht, ob er mal verliebt war, ob er wenigstens einmal gefickt hat, nachdem Mama gestorben ist. Ich nehme an, dass er es getan hat. Ich habe es bei der Krankenschwester, die mich angerufen hat, herausgehört: Ihr Vater ist ein Charmeur. Ich glaube, dass unsere Verführungskünste ähnlich sind. Wir bringen alle ein wenig zum Lachen, dann geben wir eine Runde aus. Und da wir eigentlich Langweiler sind, wirkt der kleine Humorausbruch wie ein Wunder. Und so geht es immer wieder von vorn los. Vielleicht möchte ich ihm gerne erzählen, dass mir Vanja gut gefallen hat. Vielleicht könnten wir uns darüber unterhalten, doch das geht nicht. Die zugeschnürte Kehle. Wir sind beide, jeder aus seinem Grund, kurz davor, uns zu übergeben.

Ich würde auch von meiner Arbeit erzählen, aber er könnte mich dann fragen, ob ich zu schreiben begonnen hätte. Und dann würde ich erneut lügen, dass ich mich damit gar nicht mehr beschäftige. Er fühlt sich schuldig. Immer wenn wir über mich reden, sagt er: »Ich bin der falsche Vater für dich.«

Es fällt mir leichter zu sagen, dass ich nicht schreibe, keine Pläne habe und nicht weiß, was ich tun könnte, dass ich nicht ausgehe, keine Beziehung habe, keine Interessen und keine Freizeitvergnügen. Keine Nachfragen, weniger Worte.

Er kann über den Zeitgeist und über den Faschismus sprechen, den einheimischen und den fremdländischen, über alles, was sich draußen abspielt. Mit der Zeit bleiben nur noch wenige Themen übrig, also auch hier – wenige Worte.

Der Geruch des Todes trägt Kälte herein.

Er sagt: »Ich habe mich an das Bett erinnert. Wie du mir damals in zehn Minuten das Bett zusammengebaut hast. In dem Moment habe ich begriffen, dass du erwachsen geworden bist. Und dass ich alt bin. Ich hatte was mit dem Rücken, erinnerst du dich? Und du warst in zehn Minuten fertig damit. Da wurde mir alles klar. Du bist erwachsen. Und du brauchst mich nicht. Vielleicht hast du mich auch nie gebraucht. Ich begriff auf einmal, schau mal, er kann alles allein. Es ist zu spät für alles. Was weiß ich …«

Nach Mamas Tod bestand mein Vater darauf, das Ehebett hinauszuwerfen, es nehme zu viel Platz weg, behauptete er. Ich hoffte, dass das Bett nur eine Ausrede sei, ein Grund, meine Gesellschaft zu suchen, ein Hilferuf. Er war von der Aufbauanleitung für das neue Bett genervt, und dann hatte er was mit dem Rücken. Er lag auf der Couch, während ich das Bett zusammenschraubte. Als ich mit Hilfe eines YouTube-Tutorials endlich fertig war, kapierte ich auch, dass wir beide uns nichts zu sagen hatten. Das Bett sah ich als Botschaft, dass er allein sein wollte. Am nächsten Tag versprach ich mir selbst, nie wie er zu werden. Und ich nahm die Hilfe von Zoja und Janko an.

»Ich dachte immer, ich kann arbeiten. Mit den Händen arbeiten. Und du sollst studieren und lernen. Ich war ein beschissener Schüler. Aber du bist anders. Und dein Schreiben und all dieser feine Scheiß. Ich dachte, ich werde es dir ermöglichen. Ich werde mich nicht einmischen. Bei deinen Typen, da kann ich dir nicht helfen. Ich werde nützlich sein, indem ich es dir nicht schwerer mache. Da ich über all das nichts weiß. Aber dann sah ich, dass du es allein schaffen wirst. Du arbeitest in deinem Hotel, lebst alleine. Und all das. Du hast dir irgendwie das Leben organisiert. Wahrscheinlich magst du es so, ich weiß es nicht. Aber wieso beschäftigst du dich verdammt noch mal nicht mehr mit dem, was du magst? Die Literatur, das Schreiben … Also, das werde ich nie verstehen. Wirklich nicht.«

Er hat recht. Nein, ich werde es nicht zugeben.

»Ich habe etwas Neues angefangen«, ich lenke vom Thema ab.

Ich beginne, ihm Coaching zu erklären, das sei etwas, das mich wirklich interessiere, das Geld stimme auch, und eine Firma könne ich auch gründen. Mein Vater schläft ein. Er lässt mich mit trockenem Mund zurück, ein wenig besorgt, ob er noch lebt. Ich sehe meinem Vater beim Schlafen zu. Erinnerung an die Kindheit.

Eine Krankenschwester in seinem Alter tritt in das Zimmer. Ich erkenne ihre Stimme, sie hatte mich angerufen. Sollte mein Vater überleben, werden die beiden Sex haben. Und dieser Gedanke tröstet mich für einen Augenblick, bringt mich zum Lachen.

15.

Diese Stadt bedeutet für mich eine Kartographie der Angst. Ich habe mir Routen aufgezeichnet. Damit ich für den Fall, dass mich jemand angreift, schnell einen Zufluchtsort finden kann, wenigstens ein sicheres Café. Gleichzeitig alle Orte meiden, an denen bestimmt jemand sitzt, der mich töten will. Oder der es zumindest behauptet. Eigentlich ist es egal. Diese Stadt, sie bedeutet für mich Angst. Sie bedeutet langsame Schritte, geballte Fäuste, beschleunigten Herzschlag, verlangsamtes Atmen.

»Schaut euch diese Schwuchtel an.«

»Ich bringe dich um.«

»Was ist los? Hau ab, du Schwuchtel.«

»Schwuler. Schwulette. Schwuppe.«

18 Jahre habe ich in dieser Stadt gelebt, und die Erinnerungen sind nur den Gesichtern einiger meiner Freundinnen eingeschrieben. Alles andere ist verschwunden. Hie und da ein Bild aus der Kindheit, der Krieg, der Keller und einige Spiele. Alles andere ist verschwunden, ich habe es nicht im Zug nach Zagreb mitgenommen, ich habe es beim Umzug verloren.

Ich gehe vorsichtig. Mit Städten ist es wie mit Menschen, man sieht sie immer so, wie man sie kennengelernt hat. Und sie sehen dich auch so.

Während ich gehe, höre ich jeden meiner Gedanken. Einige der alten mischen sich ein. Vorwiegend Geschichten über die Einsamkeit, über die Sehnsucht nach Liebe, nach Flucht. Auf beengtem Raum findet man die Angehörigen von Minderheiten leicht. In einer kleinen Stadt schwul zu sein, bedeutet immer, die Grenze zu spüren, den Rand an der eigenen Wange zu fühlen. Beklommenheit und Klaustrophobie, da die anderen bestimmen, wie viel Erde unter den Füßen und wie viel Himmel am Horizont für uns da sind. Wir versprechen uns selbst, dass sich unser Leben anderswo abspielen wird, in einer anderen Stadt, in einer anderen Familie, in einer anderen Kultur, in einem anderen Leben. Doch unser Nichtdazugehören tragen wir mit uns nach Berlin und anderswohin, zu den Afterpartys, in die Darkrooms, in unsere spektakulären Karrieren und verlogenen Ehen. Das Trauma vertreibt den Geist aus der Erfahrung, aus dem Körper. Und deshalb gibt es so wenige Erinnerungen. Sie sind unterdrückt. Ich habe lange gebraucht, um einigermaßen zu mir selbst zurückzufinden.

Ich gehe durch die Stadt wie ein Archäologe. In Gedanken sichte ich die Überbleibsel. Ich erschaffe kleine Bilder des Alltagslebens. Meine Heimatstadt ist eine archäologische Ausgrabung. Egal, wo man zu graben beginnt, findet man Überreste des Römischen Reichs, die unheilvolle Ermahnung, dass die Zeit unerbittlich weiterfließt. Und alles Verschüttete wird einmal ausgegraben, gewaschen und beschrieben, im Museum ausgestellt. Früher oder später.

Diese Stadt ist die Stadt der vergessenen Verbrechen, der nicht markierten Gräber.

Die Stadt liegt an drei Flüssen. Einer davon hat sich ins Zentrum eingeschnitten. An seiner Biegung haben wir Cafés aneinandergereiht. Ich trinke Kaffee. Ich warte auf den Zug. Er kommt nur langsam voran. Verspätung. Lange genug, um es sich anders zu überlegen, es ist heiß. Vielleicht drehe ich durch. Unsere Wohnung hat eine angenehme Temperatur und ist nicht feucht. Ich könnte bleiben. Den Vater auch morgen besuchen. Es würde ihn freuen. Ich könnte baden. Mich vielleicht bei einer alten Freundin melden. Schweiß und Kopfschmerz treten immer zusammen auf. Ich ramme meine Fersen in die Betonplatte. Der Zug ist verspätet. Mein altes Heim habe ich verlassen. Um mir ein neues zu schaffen, bin ich zu arm.

Der Zug ist verspätet. Es ist gefährlich, an verlassenen Orten zu graben. Ein anderes Mal. Nächste Woche. Dann werde ich es versuchen. Jetzt habe ich viel zu tun. Die Rechtfertigungen halten mich hier in der Sonne, ich suche keinen Schatten.

Ich will nach Hause.

Der Zug kommt endlich. Die Stadt verschmilzt mit den Dörfern, dazwischen liegt etwas Grün.

Scheiße, ausatmen. Ich habe es nicht geschafft, gebe ich mir selbst gegenüber zu. Erneut haben Aufschieben und Rechtfertigen gewonnen.

Scheiße, ausatmen. Ich habe es nicht geschafft.

16.

Wir leben im Kapitalismus des frühen 21. Jahrhunderts. Büros sehen aus wie Spielzimmer in Shoppingcentern. Es fehlen nur die müden Mütter, die Slim-Zigaretten rauchen. Genau wie die Studenten, die in solchen Spielzimmern jobben, bin auch ich ein Scharlatan. Ich bin hier, weil ich einen Steuernachlass bringe, und weil ich den Chef bezirzt habe. Der Kapitalismus des frühen 21. Jahrhunderts ist ein Set aus Fantasiejobs, die um den IT-Sektor herumparasitieren. In den nächsten vier Stunden werde ich so viel verdienen wie sonst in drei Monaten. Deshalb verzichte ich ausnahmsweise auf Zynismus.

Ich bin ein Kind der Arbeiterklasse, ein Halbfabrikat des Egalitarismus eines Staates, den es nicht mehr gibt, der aber meiner Mutter eine akademische Ausbildung ermöglicht hat. Sie war die einzige Person in meiner Familie, die studiert hat. Sie wünschte sich, dass ich studiere, wonach mir ist und worin ich gut bin, da sie diese Wahl nicht hatte. Das wäre doch zu viel Freiheit gewesen. Denn etwas zu wählen, bedeutet auch, die Optionen zu kennen. Wählen zu können, ist eher eine Frage der ökonomischen Privilegien und der Klassenzugehörigkeit als der persönlichen Entscheidung. Mein Vater wusste nicht, was überhaupt zur Wahl steht, deshalb konnte er nur mit den Händen arbeiten. Meine Mutter hat sich nie getraut, darüber nachzudenken, welche Begabungen sie hatte, deshalb endete sie als Buchhalterin. Sie schlugen sich durch. Und obwohl sie immer das Gegenteil behaupteten, verinnerlichte ich dennoch den Gedanken, dass ich nicht mehr verdiente als das, was ich bekam. »Du sollst nur glücklich sein«, sagte meine Mama. »Mit allem anderen wirst du schon zurechtkommen.« Das war eines der letzten Dinge, die sie mir mit auf den Weg gegeben hat.

Und ich versuche nun zurechtzukommen, obwohl ich nicht sagen kann, dass ich glücklich bin.

Im Halbkreis um mich herum sitzen zehn junge Männer und vier junge Frauen. Sie sehen aus, als hätten sie nie Spaß gehabt, als hätten sie nie mit gutaussehenden Menschen gevögelt, als hätten sie nie ein Fitnessstudio besucht und als hätten sie keine 1000 Follower auf Instagram. Und doch wurden ihre Karten günstig gemischt. Ich mustere ihre Finger, keine Ringe.

Wir leben im Kapitalismus des frühen 21. Jahrhunderts. Geld gegen Lügen, Stimmungen erzeugen.

Die pseudowissenschaftliche Pseudomethode erwähne ich nicht, ich stelle meinen Workshop als unterhaltsame Freizeitveranstaltung vor. Dann tratsche ich ein bisschen über ihren Chef. Ich erzeuge die Stimmung eines Kindergeburtstags, zu einem solchen waren einige von ihnen vielleicht nie eingeladen. Ich bringe sie zum Kichern, als würden wir über die schönsten Jungs aus der Parallelklasse quatschen. Die Psychotests verkaufe ich ihnen wie eine Kosmetiklinie. Ich bringe sie zum Lachen. Ich entferne aus dem Test die Möglichkeit, einen introspektiven Charakter zugeschrieben zu bekommen, da vermutlich alle genau dieses Ergebnis bekämen. Bei mir können sie Krieger, Händler, Führungspersönlichkeiten oder Filmstars sein.

Wir spielen.

Die Welt des frühen 21. Jahrhunderts ist zu einem Ort ohne Spiel geworden, ohne unverbindliches Vergnügen. Wir sind alle leistungsbereit, unterworfen und überaus unterwürfig. Sobald sich eine Möglichkeit eröffnet, von Mitmenschen mit nur ein wenig anderen Augen gesehen zu werden, werden alle hellwach, die Hoffnung flammt auf, dass ihr Leben auch anders aussehen könnte. Meine 14 Geeks entspannen sich, sie verwandeln sich in scheue Filmdiven und gerechte Könige.

Jenseits der Glaswand erscheint Vanja.

Zwischen uns steht ein Abend mit Küssen. Er hatte mich zu einem teuren Abendessen eingeladen, Slow Food. Ich ihn zu Fast Food, da wir nach einer halben Stunde hungrig waren. Wir tanzten. Ich habe am Samstagabend nichts ausgelassen. Er hat die Getränke bezahlt, ich sorgte für den Einlass. Auch er ist ein kleiner Geek, der sich gesagt hat, dass er ein echt großer Junge werden kann. Ein urbaner Pinocchio, aber ohne Drogen oder komplizierte Vorgeschichten.

Von nur einigen Gin Tonic war er betrunken. Ich brachte ihn nach Hause in meine feuchte Bude. Er zog sein weißes T-Shirt aus, das so viel kostet wie meine Monatsmiete.

Ich legte ihn aufs Bett. Umarmte ihn wie in einem Nest. Ich küsste ihn, und dann noch einmal, und dann noch einmal, etwas feuchter. Ich schmiegte mich mit meiner Erektion an ihn. Und schlief in einem milden Unbehagen ein.

Dasselbe Unbehagen überkommt mich auch jetzt, da ich ihn dort auf der anderen Seite der Glaswand sehe. Die Worte bleiben mir im Hals stecken, die Buchstaben hängen fest. Meine Stimme wird tiefer.

»Können wir die Klimaanlage etwas herunterdrehen, es ist kalt.«

17.

»Du könntest echt aufhören, so kalt zu sein«, er macht mir Vorwürfe, obwohl ich der Meinung bin, dass es dafür zu früh ist, da wir immer noch nicht definiert haben, ob wir eine Beziehung haben.

»Du hast viel erzählt, und dann hast du aufgehört zu erzählen, und jetzt erzähle nur noch ich. Ich fühle mich dumm dabei. Ich habe das Gefühl, wenn ich zu erzählen aufhören würde, dann würden wir nur noch schweigen. Und dann fühle ich mich schuldig, weil ich so viel quassele. Aber ich habe darüber nachgedacht. Ich quassele so viel, weil du schweigst. Eigentlich weiß ich nichts über dich. Am Anfang hast du erzählt, aber nicht über dich, sondern über irgendwelche Dinge, jedenfalls nicht über dich. Ich weiß, was du über jeden dämlichen Politiker denkst, aber nicht, wie deine Mutter heißt. Ich weiß nicht, ob das normal ist. Versteh mich nicht falsch, ich erwarte nicht, dass wir, was weiß ich, dass wir heiraten. Und auch nicht, dass du mir jeden bescheuerten Gedanken von dir mitteilst. Aber seit einer Woche schweigst du nur noch. Ich finde das nicht sexy. Echt nicht. Und wenn du keinen Ton von dir gibst, weiß ich nicht mehr, was ich tun soll. Ich habe echt keinen Bock auf den Alten aus *Der alte Mann und das Meer.* Es gibt Typen, die das superspannend finden. Und megacool. Aber ich nicht. Ich weiß, dass du erzählen kannst und dass du eher offen bist. Ich weiß nicht, was mit dir los ist, wenn wir allein sind.«

Fuck.

Ich weiß, dass ich schweige und dass ich ihm häufig nicht zuhöre. Er langweilt mich manchmal. Sein Leben ist ein kleines Seifenopernabenteuer, durchzogen von Memes aus dem Internet und Geschichten über seine Eltern, als diese jung waren. Außer diesem Nervenzusammenbruch war sein Leben vergleichsweise einfach, so wie es bei Einzelkindern in der oberen Mittelschicht häufig der Fall ist.

»Wir unternehmen nichts«, plötzlich hört er sich an wie meine Mama, wie Streitigkeiten, die es in meiner Kindheit gab, vergessene, unterdrückte Streitigkeiten.

»Wir unternehmen nichts gemeinsam, weil du ein Snob bist«, ich schieße schneller los, als es nötig wäre, als hätte ich darüber schon nachgedacht und als hätte ich kaum abwarten können, das auszusprechen.

Vanja ist verärgert. Die Wahrheit war vielleicht hart, aber sie war dennoch die Wahrheit. Vanja ist ein Snob. Ich könnte mir sein Leben nicht leisten, seine Lebensmittel, seinen Personal Trainer und die Whey-Proteine, sein Ausgehen, nicht einmal seine Interessen. Ich kann nicht schnell mal nach Wien fahren, um Caravaggio zu sehen. Vielleicht könnte ich das jetzt sogar, aber es wäre mir unangenehm. Das Geld, das ich verdiene, kommt ja in gewisser Weise von ihm. Mir ist die Gesellschaft seiner Freunde, die ich kennengelernt habe, unangenehm. Mir sind seine Cafés unangenehm, die Orte, an denen er seinen Kaffee trinkt und an denen Bücher wie Dekorationsobjekte benutzt werden. Mir ist ständig etwas unangenehm. Ich habe das Gefühl, dass ich noch ärmer wirke, als wäre ich eine seiner erotischen Visionen.

Mir ist seine Wohnung unangenehm. Und mir ist vor allem unangenehm, wie wohl ich mich fühle in diesem hübschen, geräumigen, luftigen Raum mit einer Terrasse, die so groß ist wie meine ganze Wohnung.

Doch das sage ich ihm nicht. Ich sage ihm auch nicht, dass ich es mag, wie er mich zum Lachen bringt. Ich gebe auch meine Klassenscham nicht zu, mein Gefühl, am falschen Ort zu sein, so wie Ivica Kičmanović, ein Protagonist aus meiner Schullektüre. All das verschweige ich.

Lieber sage ich: »Ich habe keine Lust zu streiten.« Und: »Meiner Meinung nach ist ein derartiges Drama etwas voreilig.« Und: »Komm, reiß dich zusammen.«

Und dann flüchte ich die Treppe hinunter, die Straße hinunter, durch den Tag.

Als wäre ich Carrie Bradshaw, stelle ich mir die banale Frage, ob ich zu meinem Vater werde, sobald mir jemand gefällt, sobald ich mich ein wenig verliebe. Von den Vätern lernen wir durch Nachahmen, Gewalttäter lernen alles über Gewalt, Trinker alles über Gefühle, Romantiker alles über Seitensprünge. Auch ich reproduziere das Wissen meines Vaters, über die Liebe, über die Rückzieher, über das Vermeiden, das Wissen darum, ein eisiger Prinz zu sein.

»Entschuldige«, schreibe ich, mehr aus Angst, mein eigener Vater zu werden, als deshalb, weil es mir leidtut.

Die Antwort ist eine Ansammlung von Emojis.

Es war noch nie so einfach, Kommunikation in Beziehungen zu vermeiden.

18.

Ein Telefonanruf ist für einen durchschnittlichen Millennial ein sicheres Zeichen, dass etwas nicht stimmt.

Der erste Herzinfarkt. Angesichts von Gorans Alter und dem Stress, den er in der Arbeit durchmacht, fand der Arzt es ungewöhnlich, dass nicht schon früher etwas geschehen war. Allerdings bestand die Möglichkeit, dass er den ersten Infarkt gar nicht bemerkt hatte. So etwas passiert. Dieses Mal hat er Glück gehabt. Antun hat ihn gerettet. Er hat Panik geschoben, geschrien, den Notarzt gerufen, obwohl sich Goran dagegen wehrte. Und damit hat er ihn gerettet. Dennoch versteckt er sich jetzt auf dem Parkplatz. Goran hat Besuch von seinen Eltern bekommen, und es wäre allzu schwierig, die Anwesenheit eines 21-jährigen (noch jünger aussehenden) Studenten der Komparatistik und Kunstgeschichte in seinem Krankenzimmer zu erklären, eine Stunde nach Mitternacht. Ich bin jetzt bei ihm auf dem Parkplatz, ich umarme ihn. Er lehnt seinen Kopf an meine Schulter. Er zittert. Er hat sich erschrocken. Einige Menschen gehen vorbei, sehen uns an, sie sind angewidert, oder ich bilde mir das nur ein, häufig stimmt beides.

»Alles ist okay«, lüge ich.

Antun, ich vergesse ständig seinen Namen, sieht mich an.

»Ich glaube an die Liebe. Ich glaube echt daran. Ist eben so. Scheiß drauf. Ich weiß, dass er zu alt ist. Aber ich liebe ihn. Es hat sich so ergeben. Und was soll ich tun? Was soll ich jetzt tun? Ich habe keine Ahnung, was ich jetzt tun soll.«

Ich weiß nicht, was ich ihm sagen soll. Ich umarme ihn fester. Warte, dass er zu schluchzen beginnt. Mehr fällt mir nicht ein. Ich rede irgendwelchen Unsinn.

Weniger rauchen, weniger trinken, gesünder essen und sich mehr bewegen, seltener die Nerven verlieren, vielleicht zu meditieren beginnen. Dann zähle ich einige Begriffe auf, bei denen ich nicht ganz sicher bin, ob ich ihre Bedeutung verstehe: *Achtsamkeit*, *Raw Food*, eventuell noch *Theta Healing*.

Ich biete ihm ein Taxi an, ein Bett und eine Tasse Tee. Er nimmt an.

Das Taxi gleitet durch die Nacht. Wir werden von unseren Handydisplays beleuchtet. Der Fahrer fährt, als wäre er auf Speed. Im Auto dröhnt Hardcore-Techno.

Antun schläft ein, bevor das Wasser für den Tee kocht. Ich decke ihn zu und lehne das Fenster an. Ich versuche zu lesen und gebe sofort auf. Ich setze mich neben ihn und schließe die Augen. Die meisten bleiben in den 20ern vom Tod verschont. Diese Sorglosigkeit hat er eingetauscht für das Gefühl der Liebe, der Sicherheit, die ihm Gorans großer, reifer Körper zu bieten hat.

Ich vermute, dass auch er, wie viele andere Töchter und schwule Söhne, zum Fürsorger und Pfleger erzogen wurde. Ich kann das erkennen. Vielleicht wurde auch sein Zuhause früh vom Tod heimgesucht.

»Die Geschichte geht so«, sage ich zu Antun. »Meine Mama war eine empfindliche, romantische, ein wenig verlorene und enorm unglückliche Frau. Wir verbrachten die Tage allein. Papa arbeitete stets irgendwo. Das nannten wir ›auf Montage‹. Es gab bessere und schlechtere Tage. Wenn sie besser waren, dann tanzten wir und spielten. Doch es gab auch die schlechten. Sie telefonierte manchmal mit ihren Freundinnen, so glaube ich, und dann sagte sie: »Ich kann nicht alles alleine machen.« Manchmal weinte sie mehr, manchmal weniger. Bisweilen quollen die Tränen aus ihr heraus. Sie behauptete, ihre Tränen hätten einen strengen Geruch. Und dann erfror sie. So erklärte sie es mir. In diesem Fall musste sie im Bett bleiben, zugedeckt. Nur damit sie sich ein wenig aufwärmte. Es half ihr sehr, wenn ich sie umarmte. Meine Liebe wärmte sie am meisten. Da sie mich am meisten auf der Welt liebte. So sehr, dass sie sich ihre eigenen Augen hätte ausstechen können, behauptete sie. Und dann umarmte ich sie, so wie ich dich jetzt umarme. Manchmal kam ich aus der Schule zurück und setzte mich zu ihren Füßen. Und ich war für sie traurig. Ich konnte sie nicht noch mehr lieben, als ich es schon tat. Mit der Zeit wurde das Erfrieren häufiger.

Mit der Zeit begriff ich, dass ich sie nicht auftauen und retten konnte. Und so musste ich sie loslassen. Ich umarmte sie immer seltener. Und als es Zeit war, ging ich weg. Sie hatte mir immer gesagt, dass ich studieren und nach Zagreb umziehen müsse, und dass ich glücklich sein solle. Und dass ich mir keine Sorgen um sie zu machen brauche, aber ich machte mir ständig Sorgen. Sie war vollständig alleine geblieben. Ich erwartete, dass mein Vater sich um sie kümmern, dass er versuchen würde, ihr zu helfen, doch er wusste nicht, wie. Und sie erfror immer mehr und mehr. Wir sahen das nicht, oder wir taten so, als sähen wir es nicht. Und dann, eines Tages, ich war so alt wie du jetzt, erfror sie beim Autofahren und landete im Graben vor unserem Wohnhaus. Sie zersplitterte in tausend kleine Teile.

Sie hinterließ einige leere Flaschen Wodka der mittleren Preisklasse und einen zynischen Studenten der Anglistik und Komparatistik. Ich habe fast zehn Jahre gebraucht, um zu akzeptieren, dass ich nicht schuld bin. Und dass man eigentlich niemanden retten kann.

Der Tod hat mir zugezwinkert. Mein Vater und ich werden jedes ihrer Bruchstücke verschweigen. Wir schweigen darüber noch immer.

So ungefähr geht die Geschichte.«

Ich umarme Antun, der mit geschlossenen Augen tief atmet. Eine Träne aber verrät ihn.

19.

Ich unterhalte mich mit Goran. Es sieht aus, als würden Männer im mittleren Alter, nachdem sie Todesangst verspürt haben, von einer Logorrhö erfasst. Als würde eine leise Bombe unter dem Bett ticken und die Sekunden zählen. Er gibt mir Ratschläge, die ich anderswo hätte bekommen sollen.

»Vorwürfe und Gejammer sind das wirksamste Rezept für den Zölibat.«

»Man muss für die eigenen Talente Verantwortung übernehmen.«

»Deine Generation …. Jemand, meistens die Eltern und faule Lehrer, reden euch ein, dass ihr omnipotent und wahnsinnig begabt seid, in allem, was ihr euch nur anschaut. Ihr seid die Hobby-Generation. Die Eltern melden euch zum Englischkurs an und zwei Wochen später sehen sie einen Shakespeare in euch. Aus dem siebentägigen Basketballcamp kommt ihr wie LeBron James zurück, nicht nur schwarz, sondern mit einem Schwanz von einem halben Meter Länge. Ein halbes Jahr Musikschule und schon seid ihr ein kleiner Rachmaninow. Meine Güte.«

Häufig vergesse ich, wie ›humorvoll‹ Goran sein kann.

»Ich gebe dir einige Ratschläge. Die Mehrheit der Menschen hat kein Talent. Sie dienen zum Gebären, zum Bauen, sie werden Anwälte, unterschreiben Papiere, hocken in Sitzungen, saufen. Sie leben mehr schlecht als recht, machen Kinder, und das war's. Du bist kein Whitman, du bist kein Baudelaire, aber etwas Talent hast du. Und für dieses kleine bisschen trägst du die Verantwortung. Ich würde gerne etwas von diesem Talent verwirklicht sehen, bevor ich sterbe. Oder bevor du stirbst. Weißt du …«

Beklommenheit.

»Das habe ich mir so überlegt. Das wünsche ich mir von dir. Vor deinem 30. Geburtstag. Versprich es mir.«

Nein, das will ich nicht.

»Versprich es mir.«

Nein, das will ich nicht.

»Geh doch zum Teufel.«

Ich kann nicht.

Das ist die Wahrheit, ich kann nicht. Plötzlich Stille, als wäre ich im Krankenhaus bei meinem Vater, den ich seit einiger Zeit nicht angerufen habe. Schuldgefühle überkommen mich, weil ich meine Wahlfamilie immer meiner biologischen vorziehe. Manchmal ist Sohnsein nur eine andere Bezeichnung für Rache.

»Versuche dich auszudrücken. Früher hast du mehr erzählt. Und dann bist du verstummt. Das sage ich dir, weil ich weiß, dass du viel zu sagen hast. Du bist nicht klüger, wenn du schweigst. Du wirkst eingeschüchtert. Glaub es mir. Das Schweigen bereitet allen Menschen viele Probleme. Vergiss das nicht. Es weckt vor allem falsche Hoffnungen. Du gefällst jemandem, hüllst dich in Schweigen, und der andere hält dich dann für mysteriös, verliebt sich in dich. Und du hältst nur deshalb die Klappe, weil du nicht weißt, wie du deine Angst zugeben sollst. Lass das. Fang an zu reden. Rede über deine Mama. Über alles. Jemand wird dir zuhören. Aber du musst reden.«

Ich nicke. Mir kommt es vor, als wäre all das zu spät ausgesprochen.

»Und veröffentliche diesen kleinen Lyrikband. Du wirst kein Geld damit verdienen. Alles wird beim Alten bleiben, nur du wirst nicht mehr derselbe sein.«

Jetzt hat er übertrieben. Ich lache. Dann mache ich ihm ein Kompliment für seinen Pyjama, er hat ein Entenmuster. Die Spucke bleibt ihm im Hals stecken, er hustet. Ich springe auf wie in einer kroatischen Seifenoper, ich erschrecke. Plötzlich die Angst, dass er sterben wird, mein einziger Gesprächspartner, meine Stütze, die Stimme, die mir das Selbstvertrauen zuflüstert, das mir so sehr fehlt.

»Ich verspreche es dir.«

Jede Elternschaft, sogar die selbst gewählte, enthält ein Element von Schuld.

20.

Ich liebe ihn nicht. Ich glaube, dass ich mich nicht verlieben werde. Da kann ich sicher sein. So denke ich, während ich Vanja den Rücken kraule. Ich mag ihn, er ist mir sympathisch, er bringt mich zum Lachen. Er tippt mit den Fingern in eine kleine Spermalache. Überall hinterlässt er Unordnung. Seine Eltern haben ihn nicht besonders gut auf ein selbständiges Leben vorbereitet. Zum Glück kann er sich es leisten. Diesen Raum, diesen ganzen Raum, den *open space*, diese übergroße Wohnung mit einer eigenen Putzfrau, all das bekommt er gratis, als Geschenk dafür, dass er genau diese Gebärmutter als Portal ins Leben zu wählen verstand.

Er ist daran gewöhnt, dass eine unsichtbare Hand hinter ihm aufräumt und kocht, putzt und bügelt.

Andere würden dafür ihre Ehefrau oder ihre Großmutter ausnutzen. Er hat Geld. Und jetzt kümmere ich mich schon um ihn. Er wird nicht die Reste seines Tages vom Boden, vom Tisch, von den Heizkörpern und Türklinken entfernen. Als würde er die Spuren, die hinter ihm zurückbleiben, nicht sehen, die Zahnpasta, die am Wasserhahn klebt, die Wasserpfütze vor der Dusche, die Socke unter dem Bett, den Abdruck seines Turnschuhs in der Küche, ein wenig Urin an der linken Seite seiner Boxershorts.

»Du solltest kündigen, weißt du?«

»Und was dann?«

»Ich glaube, dass du dann glücklicher wärest.«

»Und wovon würde ich dann leben? Einige von uns müssen auch arme Väter haben.«

»Sei nicht unverschämt. Ich kann dich bei mir einstellen.«

Beklommenheit.

»Das kommt nicht infrage.«

»Ich brauche immer Übersetzungen. Und deine Workshops sind gut für meine Geeks.«

»Ich glaube, dass ich so zurechtkomme.«

»Na klar. Damit du bloß keinen Schritt unternehmen musst, um aus dem Vortex des Leidens herauszukommen, in den du geraten bist.«

Er hat recht, aber ich kann das ihm gegenüber nicht zugeben.

»Mein Papa kommt«, sagt er gelassen, nebenbei, auf dem Weg ins Bad.

»Wann?«

»Na jetzt. Mach ihm auf, wenn er klingelt. Er soll meinen Verstärker mitnehmen …«

Die eine Tür schließt sich, an der anderen läutet es, wie in einer Komödie von Feydeau. Ich war nie gut darin, die Eltern meiner Freunde kennenzulernen. Jetzt habe ich keine Zeit für Panik. Ich ziehe mich an. Ich schaffe es nicht, die Socken anzuziehen. Ich öffne die Wohnungstür. Unbehagen ergreift mich. Es ist offensichtlich, dass wir gevögelt haben und dass ich nicht hierhergehöre.

Vor der Wohnung steht jemand, der alle erdenklichen

daddy issues hervorruft. Vanjas Vater sieht aus wie ein Mann aus dem Neckermann-Katalog, er hat grau meliertes, lockiges Haar, trägt ein dunkelblaues COS-Hemd und beige Schuhe, er hat gesunde Zähne, einen flachen Bauch, eins seiner Hosenbeine steckt natürlich in einer Socke. Vanjas Vater setzt sich. Er heißt David. Seiner Haltung ist zu entnehmen, dass ich von ihm hätte gehört haben sollen. Er spricht von seiner Arbeit, über die ich nicht viel weiß, aber ich habe das Gefühl, dass viele Menschen darüber Bescheid wissen.

»Und du bist also Dichter?«

Jede Form von unangenehmer Stille, die ich je erlebt habe, stellt sich ein.

»Wo hat er diesen Verstärker?«

Ich zucke mit den Schultern. Er läuft durch die Wohnung und murmelt etwas vor sich hin.

»Diese Wohnung ist nicht schlecht. Wir hatten echt Glück damit. Ein Freund von mir hat sie uns verkauft. Er und seine Frau sind in die USA gezogen. Sie haben sie nicht mehr gebraucht. Wir haben sie zu einem guten Preis bekommen. Gerade passend zum Beginn von Vanjas Studium.«

Zum Beginn des Studiums, schreie ich in Gedanken.

»Hast du auch eine Wohnung?«

Pause.

»Ich wohne zur Miete.«

»Ach ja, jetzt ist es echt schwierig.«

Vanja kommt aus dem Badezimmer. Angezogen, gekämmt und gewaschen.

»Papa«, und er wirft sich in seine Arme. Ich glaube, dass ich meinen Vater nicht einmal als Kind so umarmt habe, nicht einmal während des Krieges. Und als erwachsene Person ist mir das undenkbar. Er hat mir nie so sehr gefehlt. Vanja hat seinen Vater erst gestern gesehen.

Die Anzahl der verpassten Anrufe von meinem Vater in dieser Woche: 12.

21.

Endlich habe ich einen Vater bekommen, einen, den ich verdiene. Auch wenn ich vielleicht meinen Freund nicht liebe, von seinem Vater bin ich regelrecht begeistert. Ich kann nicht behaupten, dass mir das je passiert ist. So etwas habe ich mir kaum vorstellen können. Schwul zu sein bedeutet nicht selten, seine biologische Familie abzulehnen, sie zu verstecken oder ihr mit Unbehagen zu begegnen. Eine Liebesbeziehung ist meist scharf von den familiären Bindungen getrennt. Und nicht selten sind wir gezwungen, schon beim ersten Date die unangenehme Frage zu stellen: Hassen dich deine Eltern, oder hast du dich für ein Leben voller Lügen und Verstellen entschieden? Aber dieses Mal ist es anders. Vanjas Vater David, ein Architekt, Fotograf, Intellektueller und Philanthrop, erfüllt alle Fantasien eines prätentiösen schwulen Jungen. Ich habe das Gefühl, dass man ihm nichts erklären, dass man sich vor ihm nicht rechtfertigen muss. Sich über Banalitäten mit ihm zu unterhalten, wäre dumm, reine Zeitverschwendung. David und ich können uns stundenlang unterhalten, die Themen ergeben sich von selbst, sie reihen sich aneinander. Vanja spielt mit seinem Handy. Wir sind bei unserem zweiten gemeinsamen Abendessen. Ich habe darauf bestanden. Nach langer Zeit habe ich das Gefühl, mich unterhalten zu können – über Kunst, Politik, die Krise, Architektur, künstliche Intelligenz, Greta Thunberg, Peter Handke, ehrenamtliche Arbeit, die englische Sprache. Endlich eine neugierige Person. Zuletzt habe ich mich so mit Goran unterhalten. Doch David interessiert mich in sexueller Hinsicht nicht. Eigentlich wünsche ich mir ihn als Vaterfigur. David kennt sich mit Wein aus, er hat ein Waisenhaus in Südamerika gebaut, er trennt seinen Müll und redet mir zu, ich solle nicht zynisch auf dieses Thema reagieren, außerdem kauft er bei kroatischen Designern der jüngeren Generation ein, bisweilen auch bei serbischen.

»Papa, er schreibt, aber er schämt sich deswegen.«

»Unsinn«, erwidert David barsch. Er sieht mich an: »Du glaubst, dass dir das nicht zusteht. Schlag dir das aus dem Kopf. Ich war auch so.«

Hätte ich bloß diese Worte gehört, als ich 15 war, hätte mir bloß damals jemand gesagt, dass auch ich es verdiene, ein Talent zu besitzen.

»Schick mir etwas. Ich liebe Poesie.«

O ja, das werde ich tun. Das werde ich wirklich tun. Ich werde nach Hause gehen und alles abtippen, ich werde es ihm schicken. Er wird es verstehen. Er wird meine Gedichte lesen, weil es ihm Spaß macht zu lesen. Er wird mein Talent nicht vereinnahmen wollen, so wie Goran, der es nicht geschafft hat, sich selbst zu verwirklichen, nein, er wird die Gedichte aus echter Neugier lesen.

»Das mache ich. Heute noch. Aber meine Gedichte … Das sind Liebesgedichte, nicht …«

»Die Liebe ist das einzige politisch relevante Thema in unserer Welt!«, sagt David entschieden.

Ich schaue zu Vanja, stelle mir vor, dass es ihm gefällt, diesen Satz im Kontext unserer Beziehung zu deuten. Doch noch mehr als sonst ist er in sein Handy vertieft.

»Dem stimme ich zu«, erwidere ich und schaue erneut in Vanjas Richtung.

Vanja legt sein Handy weg: »Ich glaube, wir sollten aufbrechen. Lass uns jetzt gehen.«

Ich hole mein Portemonnaie heraus. Vanja verdreht die Augen.

»Papa wird zahlen, also echt jetzt.«

Alles spielt sich zu schnell ab, mein Espresso mit Milch bleibt unberührt. Die Abschiedsworte werden schnell ausgetauscht, man verspricht einander ein erneutes Treffen. Vanja ist ungeduldig, er drängt zum Aufbruch.

»Er ist ein solcher Klugscheißer. Ich kann mir seine Sprüche nicht anhören. Entschuldige bitte. Er macht das die ganze Zeit. Immer verfallen alle seinem Charme und … Also jedes Mal. Ich kann das echt nicht ertragen, echt. Diese Geschichten kenne ich alle auswendig. Jede einzelne. Über die Weine, das Waisenhaus, die Gebäude. Er hat zu jedem Thema etwas beizutragen. Und einzig und allein deshalb, weil er von uns bewundert werden möchte. Die ganze Welt muss innehalten und Woooooow sagen. David (hier nennt er seinen Nachnamen) ist ein Weltwunder.«

»Halt die Klappe! Halt einfach deine Klappe, Vanja! Wie kannst du bitte so verwöhnt sein? Siehst du das nicht ein? Siehst du nichts außer dir selbst, Scheiße noch mal?«

»Ich möchte dir nur sagen, dass er nicht so ist, wie er

dir erscheint. Und an deiner Stelle würde ich mich nicht allzu sehr an ihn binden. Ihm werden Menschen schnell langweilig. Sobald sie für ihn nicht mehr ein sexy Thema bei einem fancy Abendessen sind.«

»Du hast keine Ahnung, was du hast. Und wie glücklich du bist.«

»Das könnte ich auch von dir sagen«, erwidert Vanja scharf, »aber du könntest das gar nicht hören. David liebt niemanden außer sich selbst. Dein Vater … Er liebt alle, nur sich selbst nicht. Und dich liebt er am meisten. Aber egal, wie oft er das wiederholt, du hörst es nicht. Denn würdest du es hören, dann würde das bedeuten, dass das Problem bei dir liegt und nicht bei ihm.«

»Du sprichst mit meinem Vater?«

»Natürlich. Ich bin nicht imstande, die Menschen zu bestrafen, so wie du. Oder so wie mein Vater, mit dem du dich so fantastisch gut verstehst.«

22.

Wir sollten einiges besprechen, aber dazu kommt es nie. Stattdessen schweigen wir lieber. Wir zählen unsere Worte im Stillen, wie Restgeld.

»Geht es dir gut?«

»Es geht. Ich muss mich nur ständig erbrechen.«

»Kümmert sich immer noch die Schwester um dich, die letztes Mal da war?«

»Mirela … Ach, meine Mirela …«

»Willst du sie ficken?«

»(Er sagt meinen Namen), ich glaube, dass ich in Ohnmacht fallen würde, wenn ich einen Steifen bekäme.«

Wir lachen beide.

»Aber wenn ich mich erhole. Wenn ich einmal draußen bin. Dann … Scheiße, man sollte wirklich nicht immer allein sein. Weißt du das? Hast du jemanden?«

Es macht keinen Sinn, ihn jetzt zu belügen.

»Ja.«

»Schön.«

»Er ist in Ordnung.«

»Schau mal, ich werde mich bestimmt … Ich werde mich bestimmt nicht einmischen.«

Unbehagen.

»Aber sei ehrlich zu den Menschen … Das kann ich dir sagen. Sei nicht hart zu den Menschen, die dich lieben.«

»Die Beziehung ist erst am Anfang.«

»Ich habe dich nie über solche Dinge ausgefragt. Was weiß ich … Ich mag es auch nicht, wenn jemand mich ausfragen will.«

»Ich weiß.«

»Ich hoffe, dass du glücklich bist.«

»Das bin ich.«

Es klingt, als wäre ich es nicht.

»Das bin ich«, ich wiederhole den Satz, damit er überzeugender klingt.

»Na gut. Du weißt, dass du dich mit mir immer unterhalten kannst. Worüber auch immer.«

»Bist du sehr unglücklich?«

»Unglücklich? Nein. Mir ist langweilig. Alles wird einem irgendwann langweilig. Das Ficken wird langweilig. Das Jungsein wird langweilig. Das Leben wird langweilig. Ich hätte gerne, dass mir weniger langweilig ist.«

»Soll ich dir ein paar Serien downloaden?«

Ich höre, dass er sich übergibt. Dabei ist mir selbst kotzübel.

»Ich werde dich besuchen.«

»Besuch mich, wenn es mir etwas besser geht.«

»Papa?«

Keine Antwort.

»Papa?«

»Ich liebe dich.«

Das Gespräch bricht ab.

Das Einzige, was eine zu spät ausgesprochene Liebesäußerung hervorrufen kann, ist Wut.

23.

»*By the way*, Marina ist megacool. Du würdest in Ohnmacht fallen, wenn du sie sähest. Damals im MoMa habe ich sie verpasst, aber jetzt habe ich mich sofort ins Auto gesetzt und bam! Voll losgebrettert. Dieses Mal entgehst du mir nicht! Verstehst du?«, fragt mich mein neuer Chef. Ein 24-jähriger *power bottom*, Mitglied der neuen goldenen Zagreber Jugend, die Kokain mit grünen Smoothies runterspült und die Kriegs- und Wirtschaftsverbrechen der Väter im Fitnessstudio verdrängt, oder bei häufigen Ausstellungsbesuchen im Ausland.

Ich versuche zu arbeiten.

»Kannst du bitte kurz in mein Büro kommen?«

Ich wusste überhaupt nicht, dass er ein Büro hat. Ich wusste nicht, dass es im Hotel diese Stelle gibt, und ich bin mir ziemlich sicher, dass sie für ihn erfunden wurde, ein Gefallen für jemanden, dessen Kleinen man so untergebracht hat. Ganz Zagreb ist voll von fiktiven Arbeitsplätzen, die geschaffen wurden, um die unfähigen Kinder wichtiger Personen unterzubringen.

Das Büro sieht aus wie ein zu buntes Kinderzimmer. Aus dem Lautsprecher ertönt leise Billie Eilish, die derzeit beliebte Teenie-Sängerin. Mein Chef blickt zuerst auf sein viel zu großes und viel zu neues Handy. Dann nimmt er einen tiefen Atemzug.

»Seitdem ich hier bin, versuche ich etwas Neues, ich versuche, die Sache ein wenig nach vorne zu bringen, nur ein wenig vorwärts. Kapierst du? Und das ist mit Häusern wie diesem wirklich sehr schwer. Mäuseschritte sind das. Die kleinsten Schritte der Welt. Das hier ist kein Hotel des 21. Jahrhunderts. Wahrlich nicht. Die Sache ist offensichtlich. Aber ich schaffe das nicht allein. Erstens, du bist hier die einzige Diversity-Stellenbesetzung und das sieht man. Wir ziehen deshalb zu wenig Gäste an, da unsere Generation Z immer etwas Neues sucht, etwas anderes, eine neue Erfahrung. Du bist ein Millennial, gerade noch so. Ich spüre das, deinen Zynismus, dein Trauma. Ich habe neulich gelesen, dass das deshalb so ist, weil Pluto bei deiner Generation im Skorpion steht, irgend so ein *deep shit.*«

»Entschuldige die Unterbrechung, aber die Putzfrauen sind junge Frauen aus Rumänien, Mazedonien, Bosnien …«

»Ja, aber sie sind alle weiß. Außerdem sollten die Putzfrauen unsichtbar sein.«

»Meine Oma war eine Putzfrau.«

Unangenehme Pause, ich glaube, unangenehmer für mich als für ihn.

»Ja. Ich finde deinen Zynismus ein wenig unsexy. Ich denke, dass das nicht unbedingt die Richtung ist, in die ich dieses Hotel führen möchte. Ich habe mich mit der Führungsetage unterhalten und sie ist mit meiner Vision einverstanden. Wir brauchen etwas anderes. Hör mal zu. Menschen betreten das Hotel und wünschen sich ein lächelndes Gesicht, sie wünschen sich Fantasie, junge Menschen, sie möchten ein Teil der geilen Welt sein, für die sie bezahlt haben. Wir sind diese Fantasie. Das Hotel ist das verlorene Paradies.«

»Menschen kommen ins Hotel, damit man sie in Ruhe lässt. Damit sie sich nicht verstellen müssen und in Ruhe ihre Liebhaberinnen ficken können. Das ist Sinn und Zweck eines Hotels. Zumindest bilde ich mir das ein. Menschen haben ihre Wohnungen und Büros, und dort müssen sie sich verstellen, rechtfertigen. Im Hotel lässt man sie in Ruhe, man fragt sie nichts, sie können den ganzen Tag in Unterhose verbringen, allein, oder mit jemandem zusammen. Wenn sie von irgendwo zurückkehren, warten gebügelte Hemden vor der Tür auf sie, und das Zimmer ist aufgeräumt. Das genügt.«

»Nein. Du lebst in einer Welt von früher. Ich weiß nicht. Wir launchen eine App. Und bewegen uns in eine andere Richtung. Wir wünschen uns ein *merging* unserer Klienten mit dem Hotel. Das nennt man *immersive*. Und jetzt schauen wir zu, dass unser Angebot, aber auch die Dienstleistungen, dass sie sich mehr in eine Richtung entwickeln … Wie würdest du sie beschreiben?«

»Anstrengend?«

»Holistisch«, er ermahnt mich.

»Was willst du eigentlich von mir?«

»Versteh mich nicht falsch, aber du wirkst auf mich depri. Nun … Was ich will? Also, wir erstellen gerade eine App, die die Erfahrung unserer Klienten personalisieren wird. Mit dieser werden wir hoffentlich ihre Wünsche und ihre Vorstellungen erfüllen können. Und sie werden uns über die App benoten können. Ich frage mich, wie du dich in diese neue Welt einfügen wirst.«

Ich verdrehe die Augen.

»Ja … Genau. Ich weiß ehrlich nicht … Unter uns gesagt, in diesem Land ist es ziemlich schwierig, etwas Neues anzustoßen. Echt. Ich kann jetzt nicht so einfach ein neues Team aus jungen und ambitionierten Menschen zusammenrufen. So wie in Amerika. Sondern ich muss mich jetzt hier mit dir herumplagen. Mich ermüdet das. Echt. Ich hätte in Amerika bleiben sollen!«

»Aber wie hätte dein Papa für dich in Amerika eine Stelle organisieren können?«

Unangenehmes Schweigen. Ich glaube, unangenehmer für ihn als für mich.

Ich gehe hinaus. Zurück bleibt mein zu junger, jetzt schon ehemaliger Chef mit heruntergeklappter Kinnlade.

Ich nehme meine Mappe mit den Gedichten.

Und das Hotel spuckt mich in die Stadt aus, in den Tag, und, davon bin ich überzeugt, in mein neues Leben.

24.

Keiner meiner Partner war je derart verfügbar wie Vanja, und mit keinem von ihnen musste ich so viel Zeit verbringen. Das Überborden seiner Worte macht mir Angst. Vanja kommen immer wieder ein paar Dinge zu viel in den Sinn, darunter einige, mit denen ich überhaupt nicht einverstanden bin.

Vanja lebt in einer Welt, in der alle, die arbeiten wollen (vor allem in dieser Zeit nach der Rezession), auch arbeiten können. Mit anderen Worten, arme Menschen sind faul. »Heutzutage gibt es wirklich alle möglichen Jobs«, so redet dieses Kind der Privilegien. »Zum Beispiel Liefer- oder Taxidienste, alles über Apps machbar … Auch das kann man machen, wenn man es nötig hat. Alle müssen irgendwo anfangen.«

Vanja zeigt sich leicht irritiert von den ausländischen Arbeitern, denen wir bei unseren Spaziergängen begegnen. Bulgaren, Rumänen, hie und da ein Bosnier oder ein Mazedonier, die Schutz vor der Sonne suchen und eine kleine Pause machen. Ich bleibe stehen.

»Etwas stimmt nicht. Warum bleibst du stehen?«, fragt er mich.

»Mein Vater ist Gastarbeiter«, sage ich.

Zuerst lacht Vanja. Er denkt, dass ich dumme Witze mache, wenn ich von meiner Oma, der Putzfrau, oder meinem Vater, dem einfachen Arbeiter, erzähle. Für ihn sind Menschen mit derartigen Jobs unsichtbar, das sind Menschen, die die eigenen Potenziale nicht ausgenutzt haben, Alkoholiker, Personen mit begrenzten intellektuellen Fähigkeiten. Plötzlich wird er ernst.

»Jetzt wirklich? Das ist doch sexy!«

Für ihn sind das Stereotype, Menschen ohne Innenleben, ohne existenzielle Krisen, Menschen, die rechtsextreme Parteien wählen und ihre Frauen schlagen, am Rande irgendwelcher sexuellen Fantasien. Für Vanja ist meine Familie ein Zeitungsartikel aus der Rubrik Vermischtes.

»Komm schon, sie sehen uns merkwürdig an.«

Ich schaue die Arbeiter an, ihre müden und irgendwie ungesund gebräunten Gesichter, ihre trockene Haut, schlechten Tattoos und billigen Zigaretten, die sie mitgebracht haben. Auch sie sind dabei, etwas zu versäumen, das Erwachsenwerden ihrer Kinder oder die eigene Jugend. Oder beides. Ihre Körper sind wie auch die Körper vieler Putzfrauen und Pflegerinnen der Beweis für die Ungerechtigkeit Europas. Ihre Körper sind verbraucht, ihre Hände dienen dem Asphaltieren von Straßen und dem Waschen von vollgeschissenen Oberschenkeln. Sie haben kein Recht zu sprechen. Und wenn sie sprechen würden, wer würde sie verstehen? Kroatisch, Ukrainisch, Rumänisch, Bulgarisch, Mazedonisch – das sind die Sprachen der engen Gassen und der Stadtränder, der Lebensmittelgeschäfte ohne Gemüse, der billigen Kneipen und *low cost* Busverbindungen.

Ich stehe zwischen ihnen und Vanja und fühle mich wie jemand, der nirgendwohin gehört.

Ich blicke noch einmal in ihre Gesichter, und plötzlich glaube ich, meinen Vater unter ihnen zu erkennen. Mein Vater ist durch kleinere und größere europäische Städte gereist, in denen er Häuser baute und verschiedene Gebäude, die er nie benutzen würde. Für ihre Arbeit wurden seine Hände nicht genauso bezahlt wie jene Hände, die in einem anderen Land geboren sind. Manchmal hockte mein Vater genauso am Rande einer Baustelle, einer Straße, einer Stadt und sah den jungen Menschen zu, die an einem Herbsttag einen Bürgersteig entlangflanierten. Damals war mein Vater eine Ersparnis für Investoren der Art von Vanjas Vater.

Die Körper und Leben dieser Arbeiter sind Ausverkaufsware.

Wenn ich könnte, würde ich mich von Vanja trennen. Aber die Ungerechtigkeit wird auf gewisse Art fortgesetzt. Mein Körper und mein Leben. Mein Preis ist klar definiert mit einigen Übersetzungen und drei Workshops bis zum Ende des Jahres. Deshalb machen wir weiter. Vanja hat immer etwas zu erzählen, meistens darüber, was er so denkt oder worüber er gerade neulich nachgedacht hat.

Ein Augenpaar folgt mir. Vermutlich habe ich jemanden an einen Anruf erinnert, der immer wieder aufgeschoben wurde.

Das sanfte Sticheln des Schuldgefühls, wie ein Nietnagel.

25.

Mein lieber Freund,

Oma hat mich gebeten, dir zu schreiben, und mir ist es ein wenig unangenehm. Ich habe versucht, dich anzurufen, aber vermutlich habe ich eine falsche Nummer gespeichert. Wir haben uns lange nicht gesprochen. Wir geht es dir, Baby? Von Janko und Zoja höre ich, dass es dir okay geht, aber du meldest dich gar nicht. Uns geht es gut. Kopenhagen ist ziemlich langweilig, und wir überlegen, wie wir nach Berlin kommen könnten. Du mochtest die Stadt nicht, oder? Mika und ich überlegen, dorthin zu ziehen. Dort scheint es leichter zu sein, eine größere Immobilie zu finden. Keine Ahnung. Vielleicht wäre es auch wegen Rain gut. Kopenhagen ist nicht gerade multikulti. Wir denken, dass es für sie nicht schlecht wäre, die Welt kennenzulernen. Und nicht so hinterwäldlerisch zu werden wie wir. Eigentlich bewundere ich dich dafür, dass du es geschafft hast, nach dort unten zurückzukehren. Das, was ich lese, klingt schrecklich.

Wie auch immer, ich hoffe, dass es dir gut geht. Schreibst du immer noch? Schreib uns manchmal. Du fehlst mir schrecklich. Wir schaffen es leider nicht, zu Jankos Hochzeit zu kommen. Wer hätte das gedacht? Janko, diese kleine Nutte.

Also, um es nicht in die Länge zu ziehen. Es gibt schlechte Nachrichten. Die verrückte Slavica verlangt von mir, mich um ihre kleine Wohnung zu kümmern. Sie wünscht sich auch, dass ich die Bude an Touristen vermiete. So würden auch wir etwas verdienen, und sie wäre versorgt. Sie liebt dich sehr und sie hatte keine Kraft, es dir direkt zu sagen. Es tut mir schrecklich leid. In ganz Europa ist die Lage auf dem Wohnungsmarkt schwierig. Ich hoffe, dass du etwas finden wirst. Das ist echt blöd. Es tut mir wirklich sehr leid. Schreib mir, wenn wir dir irgendwie helfen können.

Ich liebe dich, bis zum Mond und zurück,
Iris

Parallel dazu bekomme ich eine SMS von Frau Slavica. *I am sorry. Sorry. I love you.*

Man muss die kleinsten Veränderungen im Verhalten von Vermietern sofort mitkriegen und sich auf das Schlimmste vorbereiten. Das habe ich in den letzten zehn Jahren als Mieter gelernt. All diese alten Weiber, diese alten Jungfern, Witwen und religiösen Fanatikerinnen, all diese dysfunktionalen Familien und unfähigen Söhne, die den Auftrag bekommen haben, die Miete zu kassieren (davon wird einiges fürs Saufen ausgegeben), all diese alleinstehenden Männer, die ihre Kreditfähigkeit überschätzt haben und deswegen vermieten müssen, gehören zu einer besonderen Menschenkaste in unserer Gesellschaft und in unserer Epoche. Auch sie haben ihre Verhaltensregeln. Über das Geldeintreiben hinaus pflegen sie verschiedene Maßnahmen zur Abschreckung anzuwenden und drohen ständig damit, den Mietpreis zu erhöhen oder dich auf die Straße zu setzen. Im Westen sind selten einzelne Privatpersonen dafür zuständig, sondern eher juristisch abgesicherte Entitäten. Und die ganze Zeit wird bei dieser Transaktion eine grundlegende Ungerechtigkeit vernachlässigt. Jemand hat mehr von dem, was ein anderer dringend zum Leben braucht. Und deshalb kann man die Miete immer weiter erhöhen. Wir brauchen nämlich alle ein Dach über dem Kopf.

Ich lasse das Album von The Strokes laufen. Eines meiner Lieblingslieder, *Someday*. Ich öffne die Fenster. Ich drehe die Lautstärke auf. Sofort steigt das Gefühl in mir auf, mir sei alles scheißegal, was mir Julian Casablancas vermittelt, ein großer Held aus den Zeiten, in denen es meine einzige Priorität im Leben war, cool zu sein. Seine apathische Stimme prallt von den Wänden ab, der Post-Rock überflutet die Wohnung, den Teppich und die Straße. Aus dem Kühlschrank hole ich eine Flasche guten Rotwein. David hat sie mir geschenkt, zu meiner Kündigung und für den Neuanfang. Ich öffne sie, trinke direkt aus der Flasche. Ich mag keinen Alkohol, offenbar nicht einmal teuren. Alles, was ich wollte, war Selbständigkeit, eine Arbeit, eine kleine Wohnung und einige loyale Freunde, eventuell einen Partner, der mich nicht allzu sehr belästigen und mich ab und zu zum Lachen bringen würde. Das ist doch nicht zu viel verlangt. Ich trinke einen Schluck für jeden dieser unerfüllten Wünsche. Meine Ängste sind alle zugleich wahr geworden, ich stehe ohne Wohnung und ohne Arbeit da, mit einem Partner, der alles andere als humorvoll ist. Ich habe meine Selbständigkeit verloren. Ich bin arbeits- und obdachlos, kein guter Sohn und kein guter Partner. Ich trinke noch einen Schluck, ziehe mein Hemd aus und proste mir selbst zu. Ich bin kein schlechter Mensch.

Dann setze ich mich vor meinen Computer.

Als wir klein waren, hatten wir viel Spaß.

Dann sind wir allesamt langweilig geworden.

Deine Teppichböden sind dämlich. Du warst immer unbegabt.

Nur sagt man das jemandem, der reich ist, nicht direkt ins Gesicht.

Viel Glück in Berlin! Ich hoffe aufrichtig, dass die Nachbarn euch vor die Haustür spucken werden, weil ihr zur Gentrifizierung beitragt, dass sie eure Post und eure Fahrräder stehlen, das Türschloss aufbrechen und eure Fenster mit Steinen bewerfen werden.

Und ich wünsche dir, dass du eines Tages aufwachst und deinem Mann sagst, dass du dich unsicher fühlst.

Viel Glück im weiteren Leben.

Dann tippe ich noch eine SMS an Frau Slavica: *Dear Slavica, fuck off!*

26.

Gorans Haus ist anders geworden. Neben das Gemälde von Murtić hat er ein Poster von Andy Warhol gequetscht, das zu Fassbinders Film *Querelle*. Eine Wand ist voller Pflanzen. Durch das Haus tönt die spanische Sängerin Rosalía. Der Raum riecht nach Gewürzen. Auf dem Boden erblicke ich zwei Yoga-Matten. Daneben einige Gewichte. Plötzlich sieht der Raum so aus, als lebte hier jemand. Das Haus hat an Charakter gewonnen, und Goran hat mindestens zehn Kilo in der Taille und zehn Jahre im Gesicht verloren. Ich bin nicht sicher, ob ich diesen Menschen je glücklicher gesehen habe.

Antun und er tanzen zuerst ein wenig vor dem Herd. Das Haus hat gute Lautsprecher, ein Heimkino und eine PlayStation bekommen. Je ein Finger an je einer Hand der beiden hat einen Ring gewonnen.

»Habt ihr etwa geheiratet?«

»Ja!«, ruft Antun und zeigt mir den Ring.

Goran nickt stolz.

»Dieser Herzinfarkt, weißt du. Das hat mein Leben verändert. Und jetzt würde ich gerne neu anfangen. Es hat mich erledigt. In jeder Hinsicht. Weißt du, ich hätte genauso nicht mehr hier sein können. Aber ich bin hier. Und wenn ich schon hier bin, dann möchte ich sowohl schwul als auch glücklich sein. Ich habe genug Geld, in der

Hinsicht habe ich mich verwirklicht, aber als Person … Da bin ich eine Niete. So wie du auch.«

Er lacht.

»Komm, wieso bist du so ernst? Du warst nicht immer so miesepetrig. Du benimmst dich jetzt schon wie ein kroatischer Schriftsteller, dabei hast du noch gar nichts veröffentlicht.«

Goran beginnt mich nachzuahmen.

»Lass das bitte«, Antun ermahnt ihn.

»Na ja, wenn er so schlecht drauf ist. Wie auch immer, ich habe mich geoutet.«

»Wem gegenüber?«

»Allen! Meinen Eltern, Kollegen, Geschäftspartnern.«

»Und wie haben deine Eltern reagiert?«

»Es ist mir scheißegal. Ich bin fünfundfünfzig. Die sind alt wie die Bibel. Auch ihnen ist es scheißegal. Sie ziehen einen schwulen Sohn einem toten Sohn vor. Ich war da, und dann war ich plötzlich nicht mehr da. Und dann war ich wieder da. Deshalb darf nichts mehr so bleiben, wie es früher war. Nie mehr. Oder, mein Schatz?«

Ihr Kuss ruft Unbehagen in mir hervor. Ich versuche mir einzureden, dass der Grund dafür der Altersunterschied ist und nicht meine ehrliche Angst vor Intimität.

»Ich wurde aus der Wohnung rausgeschmissen.«

»Besser so, du hättest sowieso nie in dem Loch leben sollen«, sagt Goran.

Mein Gott, wie einfach einem die Dinge erscheinen, wenn man zehn Wohnungen besitzt.

»Ich weiß nicht, was ich jetzt tun soll.«

»Du wirst schon zurechtkommen. Du bist ein kluger Junge.«

»Weißt du überhaupt, wie schwierig es ist, in Zagreb eine Wohnung zu finden?«

»Man findet immer was.«

»Du kannst gut klugscheißen«, sage ich beleidigt, da er mir keine Hilfe anbietet.

»Ich sage nur, ich bin sicher, dass du dich zurechtfinden wirst. Ich glaube an dich.«

»Das hilft mir aktuell nicht weiter.«

»Denkst du?«

Lass mich dich nicht bitten. Wir sehen uns an. Er zuckt mit den Schultern.

»Dann weiß ich nicht, wie ich dir noch helfen könnte.«

»Vielleicht könntest du mir etwas Geld leihen … oder …«

Goran lacht. Ich denke, dass ich *Schuld und Sühne* doch nicht hätte lesen sollen.

»Und dann?«

»Bis ich mich etwas zurechtgefunden habe.«

»Aha. Hör mal zu … Was das Geld betrifft, bin ich nicht gerade romantisch. Ich leihe selten jemandem Geld. Viel häufiger investiere ich … Und du bist aktuell eine Fehlinvestition. Ich könnte dir 20 000, 30 000, 50 000 Euro geben, und auch das würde dir nicht helfen. Und ich würde nur mein Geld verlieren.«

Ich habe mit einem anderen Szenario gerechnet. Unwillkürlich füllen sich meine Augen mit Tränen.

»Gut.«

»Hast du etwas mit deinen Gedichten gemacht?«

»Du kannst mich mal mit den Gedichten. Mir sind die Gedichte komplett scheißegal.«

Goran steht auf. Er umfasst meinen Kopf, wischt die Träne fort, die über meine rechte Wange kullert.

»Du sollst wissen, dass ich an dich glaube. Und dass es dir gut gehen wird!«

Ich verdrehe die Augen. Ich bin allein, vollständig allein, schon wieder allein. Ich schlucke etwas trockenen Speichel hinunter, einige Tränen. In meinem Mund ist ein Eiswürfel, der jetzt langsam nach unten gleitet. Er bleibt in meinem engen, pulsierenden Hals stecken.

27.

Mama.

Ansonsten würde er es ja tun, aber Mama. Mama. Mama ist in Vanjas Grammatik ein Aussagesatz, der sich von selbst versteht. Mama. Mama, das Wort ist bedeutungsvoll, ich sollte das wissen. Mama hätte damit ein Problem. Aber du weißt, dass ich es ansonsten tun würde. Mama kann man so etwas schwer erklären. Mit Mama spricht man nicht unbedingt über solche Dinge. Dieselbe Mama, eine Spießerin, die zur Gay Pride geht, da das modern geworden ist. Mama, eine Galeristin, die auf Instagram Selfies mit etablierten Künstlern postet. Ansonsten wäre das wirklich kein Problem, aber Mama. Mama, seine beste Freundin. Mama, beinahe eine ältere Schwester. Mama, mit der er jeden Tag eine Stunde telefoniert, um über alle Details des Tages zu berichten. Außer natürlich, es geht dabei um Schwänze, Erektionen und gewisse salzige Ausscheidungen. Darüber schweigt man. Mamas Telefonanruf macht mich unsichtbar, die Tür wird geschlossen, eine Handlung aus Scham.

Er würde ja … aber Mama. Wie sollen wir das Mama erklären, die das irgendwie doch nicht okay findet. Mama. Mama, die ganz aus Federn ist, auf die man achten und auf deren Situation man Rücksicht nehmen muss. Ihre Situation hängt mit ihrem Job in der Stadtverwaltung zusammen. Und deshalb muss man vorsichtig sein. Mama ist sehr empfindlich, obwohl es scheint, als wäre sie gar nicht empfindlich. Mama ist besonders. Mama wurde einige Male des Mobbings beschuldigt, und Mama ist sehr manipulativ. Mama ist so, wie sie ist, aber … Mama. Mama ist eine feministische Ikone. Homophob. Nein, nein, sie ist nicht homophob, nur dass ihr all das ein wenig unangenehm ist. Mama ist eine starke Frau. Das hat seinen Preis. Mama. Man muss für Mama Verständnis aufbringen.

»Mama ist mein Vorbild. Von ihr habe ich gelernt, mich durchzusetzen.«

Mama, der gegenüber man Dinge verschweigt. Mama, die Erfolge erntet. Mama, die die Biographie und das Leben ihres Sohns festlegt. Dieselbe Mama, die ihn nie losgelassen hat. Mama, der gegenüber er sich rechtfertigen muss. Und Mama, der man nur schwer erklären könnte, warum irgendein junger Mann in der Wohnung ihres Sohns lebt.

»Sie haben mir diese Wohnung gekauft, damit ich selbständig werde.«

Mama, die darauf besteht, dass sie der Putzfrau die Wohnung aufschließt, während Vanja arbeitet. Mama, die der Grund dafür ist, dass ich meine Sachen immer mitnehmen muss, das wird mir jetzt klar. Mama, deren Sohn ein ewiger Single ist. Mama, die mit ihrem Sohn in einer psychoanalytischen Ehe lebt.

Mama, gegen die man nichts sagen darf. Mamas Liebe hat die Konturen einer Diktatur. Angeblich ist sie dann am größten, wenn man sie nicht hinterfragen darf.

»Hast du dich ihr gegenüber geoutet?«

»Ja, klar. Ich meine, sie weiß das. Ganz bestimmt weiß sie das.«

»Hast du es je ausgesprochen?«

»Man muss doch nicht alles …«

»Ihr unterhaltet euch jeden Tag eine Stunde lang.«

»Mein Gott! Die Tatsache, dass dein Verhältnis mit deinem Vater so ist …«

»Und deinem Vater gegenüber?«

»Papa versteht das.«

»Hast du es je ausgesprochen?«

Er schweigt. Mein zukünftiger Ex-Freund schweigt endlich. Er muss schweigen. Im Zentrum dieses süßen Verschweigens, der Aufschiebung von Wahrheit, befindet sich ein lukrativer ökonomischer Tausch. Für sein Schweigen bekommt er die Wohnung im Zentrum der Stadt, die Putzfrau, die Erbschaft, das Kapital zur Gründung genauso wie zur Erweiterung seiner Firma, aber auch eine ewige Kindheit, die Möglichkeit, erwachsen zu spielen. Vielleicht würde auch ich schweigen, wenn so viel für mich davon abhinge.

Vielleicht ist auch das eine Klassenfrage. Wohlhabende Menschen quasseln ununterbrochen, sie tragen ihre Meinungen vor und geben an mit ihrer Weltgewandtheit und dem hohen Niveau ihrer Allgemeinbildung. Es gibt so viele Themen, ob Kunst, Politik, Reisen, interessante Hobbys oder pikanter Klatsch über die städtische Elite. Und immer schafft man es, etwas ein wenig zu verschweigen und aufzuschieben. Irgendjemand ist schwul, ein anderer ist süchtig, meist von Kokain oder Zocken abhängig, irgendein Erbe ist völlig inkompetent in der Führung des Familienunternehmens.

Zwischen meinem Vater und mir steht eine gemütliche Wohnung, die nicht einmal die Hälfte eines schäbigen kleinen Appartements in Zagreb wert ist. Deshalb gab es keinen Grund, die Wahrheit zu scheuen. Dass ich schwul bin, habe ich ihm relativ schnell gesagt. Auch er hat nicht lange gebraucht, um zu sagen: »Okay, lass dich bloß von niemandem deswegen ärgern.« Denn alles andere ging ihn sowieso nichts an. Mein Vater hat mir Raum gelassen, und er betrat weder mein Schlafzimmer noch meine Wohnung noch mein erwachsenes Leben. Er ließ mich gehen und erwachsen werden. Und obwohl er deshalb vielleicht unglücklich war, ließ er mir Raum zum Leben.

Vanja war das nicht ermöglicht worden. Ich schreibe seiner Mutter eine kurze Nachricht. *Leider muss ich den Workshop auf der Konferenz über Frauen in der Kulturindustrie absagen, da ich mit homophoben Menschen nicht zusammenarbeiten möchte.*

Vanja bricht in Tränen aus. Ich glaube zu vernehmen, wie er mich beschuldigt, ein Monstrum zu sein. Er bleibt in seinen zu wenigen Wänden auf zu vielen Quadratmetern hilflos und allein zurück, in der unsichtbaren Betonumarmung seiner Eltern.

28.

Umziehen, schon wieder. Ich verlasse die 15. Wohnung innerhalb der letzten zehn Jahre. Die 16., wenn ich die Wohnung meiner Eltern mitzähle, die ich einst mein Heim nannte, mein Zuhause. Mit der Zeit wurde diese Familienwohnung zur Wohnung »bei meinem Alten«. Und meine jeweilige Mietwohnung nannte ich immer einfach »die Wohnung«. Heim und Zuhause verschwanden aus meiner Lexik und aus meiner Syntax.

Zusammenpacken, schon wieder. Jeder dieser Wohnungswechsel zeigte mir, wie man mit wenigen Sachen auskommt und wie man sich vorläufig einrichtet. Wie man sich an einen Raum nicht gewöhnt und wie man lernt, bereit zu sein, diesen Raum innerhalb eines Tages oder einer Woche zu verlassen. Ich werfe immer rechtzeitig alle Zettel weg, alle potenziellen Artefakte der Erinnerung. Das sind Kleinigkeiten, die einem beim Packen viel Zeit wegnehmen. Solche Kleinigkeiten sind wie ein schwarzes Loch.

Ein Ethnologe der Zukunft wird eines Tages eine Matratze, eine blaue Plastiktasche von IKEA und einen Laptop als Symbole meiner Generation ausstellen, die uns in diesem Augenblick repräsentieren. Sie sind unser Besitz, unser mobiler Zufluchtsort. Wir müssen lernen, alles andere hinter uns zu lassen.

In dieser Wohnung habe ich nicht viel erlebt. Ich kenne keine Nachbarn. Ich habe immer Angst, dass jemand im Wohnhaus homophob sein könnte. Das wäre auch meine größte Angst, wenn ich eine Wohnung kaufen würde.

Ich habe weder eine Party veranstaltet noch eine Gruppe von Freunden zu einer Afterparty eingeladen. Ich habe hier nicht allzu viel gefickt, außer in der letzten Zeit. Ich habe nicht geweint. Ich habe mich wegen des modrigen Geruchs geschämt, deswegen habe ich kaum jemanden eingeladen. Die Wohnung war immer ein oder zwei Grad zu kalt, um sich darin entspannen und es sich gemütlich machen zu können. Deshalb ist sie ein Raum ohne Erinnerungen geblieben, ein paar Quadratmeter, 300 Euro wert, die auf dem Konto einer alten Frau landeten.

Packen und umziehen, schon wieder, zum 16. Mal. Und jedes Mal erfasst mich eine bestimmte Hoffnungslosigkeit. Die Erinnerung daran, dass ich nichts besitze und sogar das Nötigste an einem Tag verlieren kann, durch die willkürliche Entscheidung einer anderen Person. Ich brauche nicht lange, um zusammenzupacken. Das Leben, auf das Notwendigste reduziert, immer im Bereitschaftszustand.

Ich verbleibe für einen Augenblick zwischen den leeren Wänden.

Mein Bad in Selbstmitleid wird von Miro unterbrochen, Zojas Mann, dem Vater ihres Kindes, der gekommen ist, um mir beim Umzug zu helfen, er ist der Partner meiner einzigen übriggebliebenen Freundin. Sie werden mich natürlich aufnehmen, klar, aber ich müsse wissen, dass es bei ihnen wie im Irrenhaus zugehe, wegen des Kleinen und dieser Ausstellung. Aber natürlich dürfe ich bleiben.

Den Schlüssel werfe ich in den Postkasten, um einer unangenehmen Situation aus dem Weg zu gehen. Die Matratze werden wir in ihrem Wohnzimmer auf den Boden legen.

»Nein, nein, sie stört überhaupt nicht, bei uns ist sowieso immer Chaos.«

Zoja, meine beste Freundin und die einzige Person, die mir zur Hilfe geeilt ist. Schon wieder. Meine Zoja, die sich bemühte, die alles getan hat, die beruflich ambitioniert gestartet war, eine Galerie geleitet (ein Geschenk ihres Vaters zum Diplom) und die sich in diesen jungen Künstler verliebt hat, ihrer Meinung nach ein Genie. Sie machten dieses Kind, heirateten, jeder hat seinen Nachnamen behalten, die Galerie hat eine jüngere und ambitioniertere Hipsterin übernommen. Die Wohnung, die Zojas Eltern gekauft haben, damit sie selbständig wird, ist jetzt halb Atelier, halb Kindergarten, voll mit mehr oder weniger didaktischen Spielsachen, die bestimmt von Designern entworfen worden sind.

Hätte meine liebe Freundin Zoja nur ein wenig abgewartet, dann hätte sie bestimmt wählen können. Das Kind und Miro verlangen ständig nach ihrer Aufmerksamkeit. Ständig sind die beiden hungrig, genervt oder frustriert. Zwischen zwei Spielräumen gefangen, zwischen ihren beiden Jungs in einer ständigen Zwickmühle, beklagt sich Zoja, dass sie den eigenen Raum und sich selbst verloren hat. Sie scheint ihn seit längerer Zeit im Wein zu suchen, so wie auch jetzt, da sie eine von den teuren Flaschen öffnet, um den angekommenen Gast zu begrüßen und den guten alten Zeiten zuzuprosten, als ebenfalls Matratzen auf den Böden lagen.

29.

Mit solchen Streitigkeiten bin ich groß geworden. Ich habe die gleichen Tränen mit meinem Ärmel abgewischt. Und genauso wenig überzeugend habe ich meine Mutter getröstet. Ich habe dem gleichen Jammern zugehört, dass man sich trennen solle. Das Leben bietet einem häufig eine kostenlose Psychodrama-Sitzung. Den ganzen Tag wohne ich diesen Verletzungen bei. Ich betrachte das große Bild, ein Selbstbildnis, ein Akt, wie es herabstürzt und wie Zoja darauf herumspringt. Ein Selbstporträt, ein Akt, angeblich sollte das Bild *Die Vaterschaft* heißen. Ich beobachte Zoja, wie sie das Bild zerstört. Die Zurschaustellung der familiären Konflikte. Ihr Kind wuselt um mich herum, seitdem ich gekommen bin. Das bin ich. Noch immer kann ich die Vorwürfe und die Warnungen hören, die meine Mutter aussprach, und die Versprechen, die mein Vater gab, während er die einfachsten Aufgaben vor sich herschob. Ich dissoziierte, genauso wie der Kleine, der jetzt auf meinen Knien sitzt. Ich schalte mein Handy ein und lege ihm die ganz leise und beruhigende Stimme von Michael Kiwanuka ans Ohr, das Lied *They Say I'm Doing Just Fine*. Um uns herum fliegen beinahe in Slow Motion Pinsel, Farben, Papier, Gläser und Teller durch die Luft, zudem der Rest eines schon verschimmelten Butterbrots. Ich sehe ein, dass beide schuldig sind, gleichermaßen schuldig. Das ist etwas, das man den Kindern nie sagt. Das ist etwas, das jeder Elternteil vergisst, nämlich dass beide Elternteile gleichermaßen schuldig sind.

Ich nehme das Kind, wickle es in eine kleine Decke. Wir verlassen die Wohnung, ich mache die Tür leise zu. Wenn ich könnte, würde ich ihm sagen, dass nicht alle Menschen dazu geschaffen sind, Eltern zu sein. Aber sie sind nicht dazu in der Lage, sich selbst diese Frage zu stellen, sie kommen nicht dazu, genauer darüber nachzudenken. Das hat die Natur so bestimmt, denn wenn sich alle fragen würden, ob sie wirklich dafür geschaffen sind, Eltern zu sein, dann gäbe es auf der Welt sehr wenige Menschen. In dem Moment, in dem du bereit bist, dir einzugestehen, dass deine Familie dir nicht bieten kann, was jeder Mensch braucht, nicht weiß, wie sie das anstellen soll, oder einfach nicht willens dazu ist, kannst du in die Welt gehen und dir eine neue, selbstgewählte Familie suchen. Wenn ich könnte, würde ich ihm sagen, dass es für ihn doch noch Hoffnung gibt.

»Möchtest du ein Lied hören?«

Er nickt.

Lach mit mir, mein Freund
Schrei mit mir, mein Freund
Erlaube nicht, dass man das Beste von mir nimmt, mein Freund
Wenn ich dich je gebraucht habe, mein Freund
Wisse, dass ich dich jetzt wirklich brauche, mein Freund
Erlaube nicht, dass ich mich noch einsamer fühle

Ich übersetze aus dem Stegreif das Lied *Buddy* von

Willie Nelson aus dem Jahr 1969. Wenn es eine Silbe zu viel ist, lasse ich sie aus. Bei jedem *mein Freund* berühre ich ihn, mal an der Nase, mal zwischen den Rippen, am Zeigefinger, an der Sohle seines Turnschuhs. Und dann noch einmal. Nach jedem Vers lachen wir, schreien, umarmen uns. *Einsam.* Und dann noch einmal.

»Du hast mich ausgewählt, weißt du das?«

Er nickt.

»Ich werde bei dir bleiben.«

Ich habe sowieso nichts Besseres zu tun, als fremde Kinder großzuziehen. Aber auch das kann ich ihm nicht sagen. Er würde es nicht verstehen. Er hört auch nicht zu. Ich erkenne sein Gefühl der Verlassenheit, diesen irreparablen Schaden. Ich umarme ihn. Wir prusten wieder los.

Lach mit mir, mein Freund
Schrei mit mir, mein Freund

Ich höre nicht auf zu lachen. Das Lachen zieht sich in die Länge. Ich schreie. Vom Lachen schmelze ich von der Bank, ich verwandle mich in eine Pfütze auf dem Boden. Wir wälzen uns im Schlamm. Ich spiele toter Mann. Dann werde ich wieder auf wundersame Art lebendig. Das reicht, um die Zunge auszustrecken. Und dann sterbe ich als ein Clown. Und dann wälze ich mich wieder auf dem Boden.

»Komm mit.«

Lach mit mir, mein Freund
Schrei mit mir, mein Freund

Und das Kind fängt gleichzeitig zu lachen und zu weinen an. Ich umarme ihn. Auch ich lache und weine gleichzeitig.

»Ist alles in Ordnung?«, fragt eine neugierige Oma, die neben der Bank stehen geblieben ist.

»Das ist die dänische Kindererziehung, gnädige Frau!«

Meine Wahlfamilie ist zerfallen, wir haben aufgegeben. Der Rest meiner biologischen Familie liegt im Sterben. Es gibt ein Spiel namens *Eiskönigin.* Ein einfaches Fangspiel. Wen die Eiskönigin fängt, der gefriert zu Eis. So fühle ich mich. Zoja, Janko, mein Vater, dieses Kind, das Selbstporträt, der Akt namens *Die Vaterschaft*, Vanja und seine Familie. Alles, was ich berührt habe, ist zu Eis geworden, ist völlig erstarrt.

30.

Auf große Auseinandersetzungen folgt meistens großes Unwohlsein. Die Matratze stört sie nicht, wir haben sie seitlich abgestellt. Sie werde auf mich warten, und ich könne zurückkommen, wann immer ich wolle. Und ja, das sei wirklich eine Ausnahme gewesen, die Nervosität, PMS, die Ausstellung, die bald eröffnet werde, der Vollmond, der rückläufige Merkur, die Schilddrüsenhormone, der Kater, die Schlaflosigkeit, der niedrige Blutdruck und ein lange ausstehendes Honorar. All diese Rechtfertigungen ändern jedoch nichts an der Tatsache, dass ich keine Bleibe mehr habe. Mein Rucksack ist vollgestopft, die Plastiktasche von IKEA steht bereit für eine weitere Evakuierung. Nur das Kind ist traurig, es hat entschieden, sich nicht von mir zu verabschieden. Es spielt in einer Ecke des Zimmers, neben der Matratze, auf der wir in den vergangenen Tagen geschlafen haben. Ich werde seine Aufmerksamkeit nicht gewinnen. Auch ich werde ab heute in seiner Position sein.

Ich laufe zum Hauptbahnhof. Meine Beine sind schwer. Nur die billigsten Metaphern und Vergleiche kommen mir in den Sinn, der Treibsand, die Fesseln, das Schwein auf der Schlachtbank. Ich empfinde die Niederlage und die Peinlichkeit, weil ich zu spät komme, Schuld, weil ich alles vermeiden wollte. All das sind Erinnerungen an meinen Vater und seine Bescherungen.

Er hat es immer geschafft, zu spät zu kommen, war immer erst da, wenn alles, vor allem jenes, was er ausdrücklich versprochen hatte, schon erledigt war. Er hat es immer geschafft, alles Wichtige zu umgehen, allem Berührenden auszuweichen, jeder möglichen künftigen Erinnerung aus dem Weg zu gehen. Er hat sich immer gefangen gefühlt. Er kam als Letzter zum Essen und stand als Erster vom Tisch auf. Er wälzte die Verantwortung auf die anderen ab, um sie dann beschuldigen zu können. Vor allem mich. Auf dem Weg zum Bahnhof werde ich zu meinem Vater. In Beziehungen mit den falschen Männern war ich genauso. Ich schob alles auf, ging allem aus dem Weg, verspätete mich immer.

Der Zug empfängt mich, öffnet die Türen und verschluckt mich. Als die Pfeife ertönt, setzt sich der Zug in Bewegung und befördert mich unwillkürlich in Richtung der einzig verbliebenen Bedeutung des Wortes »Zuhause«. Der Akku meines Handys ist natürlich leer, und so werde ich mich mit meinen eigenen Gedanken beschäftigen müssen. Ich reise durch Dörfer und durch die Zeit. Ich habe ungefähr 50 Minuten, um mich darauf vorzubereiten und mich mit der Rückkehr abzufinden, mit dem Gedanken, dass ich dortbleiben muss und nicht weiß, wie mein Leben zukünftig aussehen wird. Ich habe die Kontrolle verloren. Im Zug ist es zu warm. Eine Frau meint, es würde ziehen, sie werde eine Ohrenentzündung bekommen. Die Fenster werden geöffnet und sofort wieder geschlossen. Ein Schweißtropfen ritzt mir die Stirn. Ich ziehe meine Jacke aus. Ich wünsche mir all das nicht. Mir ist viel zu heiß. Ich öffne das Fenster. Die Frau schreit mich an. Sie wirft mir irgendetwas vor, aber ich verstehe sie nicht. Ich wiederhole nur immer wieder, mir sei zu heiß. Sie schreit, sie sei behindert, ihr Rücken tue weh, sie leide an Ischias. Mir ist zu heiß, etwas ist nicht in Ordnung. Ich kann nicht atmen. Vor Hitze. Öffnen Sie bitte das Fenster. Ich höre nur Ischias. Ich höre nur Nerv. Ich höre kein Bindewort dazwischen.

»Wasser.«

Ich brenne. Meine Augen, meine Ohren, meine Zunge brennen.

Mir ist zu heiß. Ich bekomme keine Luft.

»Fenster.«

Ich sage mir, das ist eine Panikattacke. Ich habe beinahe vergessen, wie sich das anfühlt. Versuche einzuatmen, auch wenn du das Gefühl hast, deine Lunge würde sich zusammenziehen. Versuche auszuatmen, selbst wenn du das Gefühl hast, in deiner Lunge wäre keine Luft mehr. Und dann noch einmal. Jemand hilft mir. Eine Hand wäscht mein Gesicht, klopft leicht auf meine Brust. Eine ruhige Stimme, von der ich dachte, sie sei die meine, wiederholt:

»Alles ist gut. Atme ein. Und noch einmal.«

Noch eine Haltestelle. Die Hände, in denen ich aufwache, kennen mich aus der Zeit, als ich kleiner und lauter war, mit aufgeschürften Knien, ohne Vorderzähne, mit einem Leberwurstbrot in der Hand; es sind Hände aus einer früheren Welt, aus einer verdrängten Kindheit, als wir im Keller wichsten und hinter dem Zaun rauchten und im Supermarkt Kaugummis klauten; Hände, die bei den Kämpfen mit Tannenzapfen und verdorbenen Eiern dabei waren; Hände, die beim Blinde-Kuh-Spielen tasteten und errieten und verfehlten; Hände, die mich bestimmt schon einmal getröstet oder geschlagen haben; Hände, die sich an Kreide, Bälle, Äste, Stöcke, Müll, Staub, Pornohefte, Kaugummis, Schlamm erinnern und die wissen, wie hart Asphalt sein kann. Hände, die vieles auch vergessen haben.

Hana.

31.

Der Fluss schlängelt sich durch die Stadt, fließt unter drei Brücken hindurch und mündet am Rande der Stadt neben einer historisch bedeutenden Festung in die Save. Uns diente er zum Vergnügen, zum Baden im Sommer, wir betrachteten ihn, während wir Kaffee oder Cola Rot schlürften, er wurde zur Metapher der deprimierten Teenies. Flüsse tragen alles fort, Flaschen, Boote, Säufer, Kühe, alte Frauen, Serben.

Aufgrund der Nähe zu Zagreb und der entspannten Atmosphäre leben viele junge Menschen in der Stadt. Der Rest Kroatiens nimmt die Stadt als deprimierend wahr, als verdreckt, voll traurig und ziemlich beschissen. Besucher könnten hier angeblich schlecht atmen, würden Allergien entwickeln und hätten Probleme mit tränenden Augen, da die Fabrik die Luft so stark verpeste. Etwas feinfühligere Menschen könnten den Krieg, die zivilen Opfer und die kaputte Wirtschaft erspüren.

Ich würde unsere Stadt mit drei Worten beschreiben: Nebel, Smog und Lachen.

In dieser Stadt habe ich jeden meiner Tage gezählt. Ich würde sie auch heute zählen, wüsste ich nur, mit welcher Zahl ich beginnen sollte. Ich habe diese Stadt aus guten Gründen verlassen und die meisten dieser Menschen vergessen. Die Gesichter sind zwar inzwischen zugänglicher und neugieriger geworden. Aber ich kann die Drohungen schwer vergessen, die an den Wänden meiner Schule, meines Wohnhauses oder der Kirche geschrieben standen. Diese Stadt bedeutet für mich Angst, das Gefühl, nicht dazuzugehören.

Jetzt weiß ich, es war ein Erfolg, die Homophobie hier zu überleben.

»Wir haben uns nicht mehr über das Thema unterhalten … Du weißt schon, das, worüber ich dir neulich erzählt habe … Du bist irgendwie darüber hinweggegangen.«

Ich kann nicht sagen, dass mich ihre Worte überraschen. Zwar habe ich nicht weiter darüber nachgedacht, aber überrascht bin ich nun nicht. Ich weiß nur nicht, was ich sagen soll. Ich gehe im Kopf schnell den Coming-out-Katalog aus amerikanischen Serien durch.

»Nun, also, danke, dass du das mit mir geteilt hast.«

»Red keinen Scheiß, bitte.«

»Ich meine, du weißt, dass ich immer für dich da bin.«

Noch mehr Lügen. Allerdings weiß ich auch nicht, wozu sie meine Hilfe brauchen sollte, während sie mit den Fingern ihre Partnerin befriedigt. Aber die kulturellen Gepflogenheiten geben uns vor, was wir in solchen Situationen zu sagen haben. Ich habe festgestellt, dass sich Heteros und Eltern immer ärgern, wenn sie als Letzte davon erfahren, doch sie übernehmen keine Verantwortung dafür, dass sie höchstwahrscheinlich Idioten gewesen sind.

»Entschuldige, dass ich es dir nicht früher gesagt habe.«

»Für mich ändert das nichts.«

»Das ist meine Partnerin.«

Mein Register passender Phrasen ist zu klein und zu beschränkt. Mir fehlen deshalb oft die Worte, das Unbehagen bleibt mir im Hals stecken.

»Wir wünschen uns ein Kind.«

Ich habe dazu nichts zu sagen. Echt nicht. Einer der wenigen Vorteile der Homosexualität besteht ja gerade darin, dem Terror der Elternschaft zu entkommen.

»Gratuliere.«

»Sag mal, kannst du mit diesem Blödsinn endlich aufhören? Du benimmst dich mir gegenüber, als wäre ich eine Vloggerin auf YouTube. Möchtest du unser Samenspender sein?«

Dabei presst Hana meinen Namen durch die Zähne, langsam, kalt.

»Nein!«

»Warum nicht?«

»Wie kannst du mich das überhaupt so einfach fragen?«

»Und wie sollte ich es tun?«

»Ich hatte vor fünf Minuten eine Panikattacke. Möchtest du, dass ich noch eine bekomme?«

Sie wiederholt meinen Namen, streng. Als hätte ich bei Monopoly geschummelt.

»Ich will kein Vater sein.«

»Wer sagt, dass du Vater werden würdest?«

»Was denn sonst?«

»Du beginnst das sofort metaphysisch zu sehen.«

»Ach was.«

»Ich meine … Vaterschaft ist eine Wahl, genauso wie Mutterschaft. Wenn du der Vater sein möchtest, dann hast du natürlich das Recht dazu. Und wenn du nicht möchtest, dann würde ich das ganze Ding als eine Art Tausch sehen. Für etwas Sperma kannst du ziemlich viel Geld bekommen.«

»Hana!«

»Also ehrlich, wenn ich ein wenig von deiner Leber brauchen würde, von deinem Rückenmark? Das müsste ich nicht einmal bezahlen.«

»Das ist doch etwas anderes.«

»Das ist sogar noch bescheuerter.«

»Wie viel Geld?«

Hana zuckt mit den Schultern. Und lächelt.

»Genug.«

Wir blicken uns in die Augen. Kein Wimpernschlag, wir atmen kaum noch. Alles bleibt stehen, nur der Fluss fließt weiter.

»Keine Chance, Hana. Entschuldige.«

»Wie geht es deinem Vater?«

»Gut. Hoffe ich zumindest.«

»Super.«

»Rauchst du?«

»Nein.«

»Super.«

Der Fluss fließt weiter, genau wie unsere Beklommenheit.

32.

Wir haben die Wohnung unnötigerweise weiß gelassen, als eine Art Erinnerung an Mama. Mit der Zeit wurde die Wohnung immer heller, Laminatböden, Regalbretter, Fliesen, Küchenelemente, Regale, Schränke, Kommoden, Teppiche und Lampen. Man musste leise gehen und versuchen, so wenig Spuren wie möglich zu hinterlassen. In der Wohnung zeichnete sich sofort jedes Härchen, jedes Stückchen Erde, Schlamm, jeder Brotkrümel, jeder Tropfen Blut ab. Als ich in der weiterführenden Schule war, hielt die Wohnung ihre Diktatur aufrecht. Weniger gehen, weniger verschmutzen, keine Beweise des Lebens hinterlassen. Mama lag sowieso meist im Bett. Papa war nie da. Nur meine Pubertät hinterließ Spuren, Schweiß, Sperma, Haare, die plötzlich aus meinem Körper sprossen. Mein Zuhause, eine Ansammlung schlechter Erinnerungen. Die guten sind einander so ähnlich, dass ich sie vergessen habe.

Ich habe diese Wohnung verlassen, sobald ich es konnte. Mein Vater ist überhaupt nie richtig hier eingezogen. Die Beerdigung war die letzte Gelegenheit, bei der wir beide diesen Ort als ein Zuhause empfunden haben. Wir saßen da und schwiegen. Wir warteten, dass der andere zu reden beginnt. Doch es ging nicht. Ich habe mich nie offen über ihn geärgert. Er hat sich nie bei mir entschuldigt.

Wir haben jedes Gefühl verschwiegen. Das war das letzte Mal, dass wir eine Chance gehabt hätten. Doch er nahm immer an, dass ich an seiner Stelle Entscheidungen treffen, unsere Beziehung glätten und unser beider Erwartungen erfüllen würde. So, wie das meine Mutter immer geschafft hatte und ihre Mutter vor ihr. Ich habe es nicht geschafft. Mein Vater hat es nie auch nur versucht.

Anstelle von uns redete der Fernseher. Daran kann ich mich erinnern. Ich wartete nur auf ein »Es tut mir leid«. Ich bekam ein »Du kannst dich immer auf mich verlassen«. Selbst wenn das keine Lüge gewesen wäre, hätte ich nicht gewusst, wie ich das hätte nutzen sollen. Diese Phrase wurde mit der Zeit inhaltsleer.

Er hat mich erwartet. Die Bezüge meines Bettes sind frisch gewaschen. Ich lege mich hin. Mein Zimmer hat keine Tür. Das Loch in der Wand war meiner Mama ganz recht. Das war die Erinnerung daran, dass Papa die Wand nicht wie versprochen weggerissen hatte, außerdem konnte sie jederzeit ungebeten hereinkommen. Es gab keine Grenzen zwischen den Körpern, Gefühlen, Zimmern. Ich möchte nicht hier sein. Und ich sollte nicht hier sein. Die Wände waren hier immer bedrückender, kälter, standen schief. Vom Fenster aus sieht man einen Krähenschwarm und den Parkplatz. Unsere charmante kleine Stadt liegt irgendwo im Hintergrund. Ich möchte nicht hier sein. In diesem Bett, in dem ich so viele Nächte mit dem Ausmalen meiner Flucht verbracht habe, während das Schluchzen und die Geräusche des Erbrechens zu mir herüberdrangen. Heute ist nicht mein Tag, um ehrlich zu sein.

Nach Hause zurückzukehren ist etwas für Nichtsnutze, Hallodris, Geschiedene, Muttersöhnchen und Papas Prinzessinnen, Serienmörder, jene, die die Arschkarte gezogen haben, Zocker, psychisch Kranke, Sterbende, Alkoholiker auf Entzug. Nach Hause kehren jene zurück, die ihr Glück versucht haben und gescheitert sind. Ich bin gescheitert. Mit dem Gefühl von Misserfolg und Verrat lege ich mich ins Bett.

Die Wohnungstür wird aufgeschlossen.

Die Wohnungstür geht auf.

Fuck.

»Bist du gekommen? Sag mal, wie alt bist du eigentlich? Die Sachen so mitten im Flur liegen zu lassen, also hör mal. Ich verstehe das nicht. Wo bist du? Ah, da bist du? Im Bett? Was ist, bist du müde? Wovon denn? Hast du getrunken? Warst du gestern Abend aus? Draußen ist es schön. Ich dachte, dass wir einen Kaffee zusammen trinken, dass ich dich am Bahnhof abhole und wir dann eine Runde durch die Stadt drehen. Was weiß ich? Aber du meldest dich ja nicht. Was ist das für ein Unsinn? Funktioniert dein Handy nicht, oder was? Sollen wir losgehen und dir ein neues Handy besorgen? Zum Teufel noch mal, wenn du Geld für ein Handy brauchst, du weißt, dass du deinen Alten danach fragen kannst. Ist das hier dein Handy? Sag mal, was ist das denn, mein Sohn? Leben wir immer noch im Jahr '95, verflucht noch mal? Wird immer noch geschossen? Deinem Handy nach zu urteilen, anscheinend schon. Komm, lass uns rausgehen und dir ein neues Handy kaufen. Nur die Idioten in der Stadt laufen mit solchen Dingern herum. Was ist jetzt, wieso starrst du mich so an? Ja, ich habe abgenommen. Scheiße. Wie auch immer. Möchtest du einen Kaffee? Was willst du zum Mittagessen? Wollen wir uns vielleicht Ćevapčići gönnen? Ich darf das eigentlich nicht. Aber scheiß drauf. Wir können auch etwas anderes essen. Wie du möchtest. Was isst du am liebsten? Ich muss ein wenig aufpassen … Aber ich werde mir nichts verbieten. Du weißt schon, wir werden alle mal sterben, also was soll's. Ist ohnehin alles für den Arsch. In der Hölle werde ich Körner fressen, das kommt noch. Du siehst gut aus. Komm, steh auf. In diesem Zustand will ich dich nicht sehen. Du siehst aus wie ein begossener Pudel. Komm, steh endlich auf. Wir werden nachts schlafen. Du musst mir ein paar Dinge zeigen, die ich ums Verrecken nicht verstehe. Dieses Streaming, das hat mir der Kleine im Krankenhaus eingerichtet. Und er sagte, dass das auch mit dem Fernseher geht. Aber wie, Himmel noch mal?«

»Du hast kein Smart TV.«

»Was für ein Scheißding ist das denn, dieses Smart TV?«

»Damit kann man eine Verbindung zum Internet herstellen.«

»Komm, zieh dich an. Lass uns ein Smart TV kaufen und ein Handy für dich. Sonst erschlagen wir uns hier gegenseitig, und ich bin inzwischen daran gewöhnt. Komm jetzt. Was starrst du mich so an? Hast du etwas Wichtigeres zu tun, oder was?«

Fuck.

33.

Die Situation ist äußerst unangenehm. Wir haben das neue Fernsehgerät angeschlossen. Mein neues Smartphone lädt. Wir sitzen da. Unterwegs haben wir schon die Politik kommentiert, vor allem die neue radikale Rechte. Wir haben festgestellt, dass die Menschen Rindviecher sind. Ich bekam den Ratschlag, dass ich vor allem Spaß haben solle. Irgendwann werde sich schon ein Job ergeben. Vielleicht sogar in meinem Berufsfeld. Er ist sich vielleicht nicht ganz sicher, was mein Berufsfeld ist, aber er weiß, dass es nicht die Hotelrezeption ist. Im Verlauf des Tages werden die Pausen zwischen jedem neuen Thema immer länger. Jetzt herrscht eine solche Pause im Wohnzimmer. Wir sollten endlich über uns sprechen, anstatt zu schweigen. Vielleicht sollte ich ihm sagen, dass es mir leidtut, dass ich nicht bei ihm im Krankenhaus war. Und vielleicht sollte auch er reden und mir sagen, dass er Angst hatte oder sich immer noch fürchtet. Doch wir schweigen lieber und hoffen, dass jemand aus der Regierungspartei im Fernsehen erscheint. Leider läuft nur Werbung mit einem bekannten Sänger-Schauspieler-Model-Typen.

»Der ist schwul.«

»Ja, sieht so aus.«

Autsch.

»Er sieht gut aus. Das will ich sagen. Er sieht gut aus. Die Schwulen sehen echt gut aus. Das wollte ich sagen. Sonst nichts. Ich habe an nichts anderes gedacht. Er ist ein Muskelpaket. Fit. Die Schwulen sind heutzutage durchtrainiert. Sonst nichts.«

»Okay.«

In meinem Kopf entsteht eine Liste mit möglichen peinlichen Situationen: ein Gespräch über Filzläuse, über Basketball in der Grundschule, über eine unerwünschte Erektion bei Mamas Beerdigung.

»Hast du ihn gefickt?«

»Nein.«

Ich füge der Liste dieses Gespräch hinzu.

»Nein«, wiederhole ich mit Bedauern in der Stimme, ich bemühe mich.

»Er sieht dumm aus.«

»Er ist auch dumm.«

»Wozu brauchst du einen dummen Typen?«

»Dumm fickt gut«, ich überrasche nicht nur ihn, sondern auch mich selbst.

Pause. Wir überlegen beide den nächsten Zug, wie wir aus der Situation herauskommen, wie wir das jetzt überspringen und zum Schweigen zurückkehren können, das für uns beide angenehmer ist, eine Art Zufluchtsort.

»Das gilt auch für Frauen. Aber das endet nie gut.«

Er steht auf und verlässt das Zimmer. Ich sehe ihm hinterher, beobachte seinen schleppenden, wackeligen Gang, seinen Körper, der die Umrisse eines alten Mannes angenommen hat. Mein Vater ist ein neuer Mensch, jetzt ist er mein Mitbewohner. Ich höre, wie er hustet, sich verkrampft, wie er stöhnt.

Wir sind zwei erwachsene Männer, die durch einen Augenblick fehlender Achtsamkeit beim Sexualakt und einige Kapitel einer gemeinsamen Biographie verbunden sind.

Auf leisen Sohlen verlässt er die Wohnung, er geht zu einem alten Freund, dessen Spitznamen ich wohl kennen sollte. Hinter sich schließt er die Tür. Wir haben es versucht. Wir haben einen kleinen Schritt vorwärts gemacht.

Kaiser, wie viele Schritte darf ich gehen?

Drei Mäuseschritte.

So weit sind wir vorgerückt, drei Mäuseschritte, leicht homophob, leicht misogyn. Und dann ist er mir wieder entwischt. Auch ich würde das tun, wüsste ich nur, wohin.

Eine Wand trennt mich von meinem alten Zimmer, vom Museum meiner Pubertät, von der Gedenkstätte für meine Mutter.

Im Fernsehen erscheint ein besonders abstoßendes Gesicht mit einem hohen politischen Amt, zehn Minuten zu spät, um uns zu helfen.

»Idiot.«

34.

»Goran, was ist? Geht es dir gut?«

Der Telefonanruf unterbrach das endlose Scrollen auf meinem neuen Handy.

»Goran?«

Ich war gerade dabei, meine Ex-Freunde zu adden und mir ihre neuen Leben anzusehen, ihre langen Spaziergänge und Ausflüge und kleinen Hunde, denen sie ein neues Heim schenkten.

»Goran? Antun?«

Das Schweigen am anderen Ende beunruhigt mich. Ich höre ein Hecheln.

»Ich bin's.«

Gorans Stimme, wie ich sie nie gehört habe, verletzbar, den Tränen nahe.

»Geht es dir gut?«

»Ja. Nein. Ich weiß nicht.«

»Was ist passiert?«

Langes Schweigen. Ich höre Stimmen im Hintergrund. Er ist in Gesellschaft. Diese Situation hatten wir noch nie. Seit Jahren bin ich es, der sich bei ihm meldet, wenn ich Aufmerksamkeit brauche, Trost oder Rat. Er war die Person, an die ich mich klammerte, wenn mich meine Ängste besuchten, wenn ich der Meinung war, alles in meinem Leben falsch zu machen, wenn ich Angst bekam, für immer allein zu sein, völlig im Arsch.

»Ich kann das nicht.«

»Was kannst du nicht?«

»Ich kann das alles nicht. Verstehst du? Ich kann nicht.«

»Wo bist du?«

»Auf einer Party. Und alle um mich herum sind jung. Alle … Alle sehen mich an, und ich weiß, was sie denken. Was macht dieser dicke Alte hier? Ich kann das nicht.«

»Beruhige dich.«

Ich sage das im gleichen Ton, in dem auch er mir sagen würde, dass ich mich beruhigen soll, wegen irgendwelcher Probleme, die viel kleiner sind als die, die ihn jetzt quälen.

»Ich bin ein Dummkopf. Was, hatte ich geglaubt, würde ich erreichen? Ein Dummkopf. Ein naiver, blöder Dummkopf. Ich habe mich formell gekleidet. Ich sehe lächerlich aus. Abscheulich. Ich habe das Gefühl, als lachten alle über mich. Nicht nur diese Jungs, sondern auch die Leute im Gericht, im Büro. Alle. Alle lachen über mich.«

»Beruhige dich.«

»Wie soll ich mich beruhigen? Es ist zu spät! Zu spät für alles. Ich habe mich verspätet. Bin für mein eigenes Leben zu spät dran. Ich bin keine 20 mehr. Meine Zeit ist abgelaufen und ich kann nicht von vorne anfangen. Du hast keine Ahnung, wie schwer es ist, in meinem Alter etwas Neues anzufangen. Das Leben ändern … Ich kann das nicht.«

»Wieso kannst du es nicht? Du hast es bereits getan.«

Ich höre ihn weinen.

»Du hast bloß einige Privilegien verloren. Goran, die Freiheit hat ihren Preis.«

Er nennt mich bei meinem Namen.

»Hör mir zu, hör mir mal gut zu. Schieb nichts auf. Niemals. Denn alles geht schnell vorbei und dann … Dann ist es zu spät. Alles, was du für dich in diesem Leben tun kannst, solltest du sofort angehen. Später ist das zu schwer. Es sieht so aus, als wäre es leichter aufzugeben. Glaub es mir. Schieb nichts auf die lange Bank. Du hast alles … Alles, um glücklich zu sein. Nutze das aus. Denn später ist es zu spät. Für mich ist es zu spät.«

Er wiederholt meinen Namen.

»Ich bin zu alt, um billigen Wodka aus Plastikbechern zu trinken.«

Der große Goran, mein Fels in der Brandung, zerbricht in Stücke. Ich stehe aus dem Bett auf.

»Hör du mir jetzt zu. Du sollst dich beruhigen. Ob du 30 oder 55 bist, du bist immer du. Du bist humorvoll, intelligent, dein Schwanz ist solide, in deinem Leben läuft es, und du bist richtig verliebt. Jetzt kannst du dich ausweinen, dein Hemd aufknöpfen und nach draußen gehen. Wenn dir dieser Wodka nicht passt, dann geh und kauf dir was Besseres. Du kannst das. Du hast was, worüber diese Kids nicht verfügen. Auch sie haben etwas, das dir fehlt. Hast du mich verstanden?«

Keine Antwort.

»Du bist nicht zu spät dran. Aber niemand hat behauptet, dass alles so einfach sein würde. Trink jetzt mal diesen Wodka. Und geh endlich raus. Die werden noch denken, dass du dich im Klo versteckst, um Drogen zu nehmen. Oder zu scheißen. Das wäre viel peinlicher für dich. Deshalb: Geh jetzt.«

Schniefen auf der anderen Seite.

»Du sollst nichts mehr aufschieben.«

»Gut.«

Wasserrauschen. Vermutlich wäscht er sich das Gesicht.

»Ich liebe dich, Goran. Es wird schon alles gut werden. Du hast dich getraut. Das ist das Allerschwierigste.«

Ich weiß nicht, ob ich das ihm sage, mir selbst, oder ob ich das meinem biologischen Vater sagen sollte.

35.

Nach einem enttäuschenden Treffen auf einen Kaffee in der Stadt sitzen wir im Auto und starren vor uns hin, auf den Hof des Kinderheims. Wir waren schon mal in dieser Situation, nur in einem anderen Auto, vor 20 Jahren. Wir starrten auch damals auf den leeren Hof, ohne viel zu reden.

»Weißt du noch, wie du mir gedroht hast, mich hier abzugeben?«

»Das ist nicht wahr«, sagt mein Vater und setzt an die Stelle, an der sonst ein Punkt kommt, meinen Namen.

»Doch, das hast du.«

»Warum hätte ich das tun sollen?«

»Weil ich zu allem Nein gesagt habe.«

»Blödsinn.«

Und dann schweigen wir und starren auf diesen tristen Hof, auf dem nur eine Schaukel steht. Ich hatte keine Angst, dass er mich wirklich hier abgeben könnte, da Mama schon damals so sehr an mir hing, dass sogar mein Schulbesuch Trennungsängste bei ihr auslöste. Ich fühlte mich unwohl. Gespräche zwischen meinem Vater und mir kamen selten vor. Oder ich habe sie schlicht vergessen. Dann sprach er plötzlich, und die ersten Worte waren diese leere Drohung. Das frustrierte mich.

»Warum hast du das getan?«

»Was weiß ich? Vielleicht hat sich deine Mama das ausgedacht.«

»Aber …«

»Es geht mir am Arsch vorbei, weißt du«, und hier wiederholt er meinen Namen.

Unser Verhältnis ist ein Lexikon leerer Drohungen, Beschimpfungen und Ankündigungen von Strafen, die ich nicht beachtet habe und die er nie durchgesetzt hat.

»Ich weiß nicht, warum. Es war wohl dumm.«

»Es war dumm.«

»Aber wenn sich ein Mensch mit seinem Kind nicht beschäftigt … Ich habe mich nicht mit dir beschäftigt … Ich weiß es nicht. Wenn ich das wirklich getan habe, dann bin ich ein Idiot.«

»Doch.«

»Was, doch? Ich bin doch ein Idiot?«

»Du hast das doch getan.«

Und dann Schweigen.

»Es tut mir leid.«

»Es geht mir am Arsch vorbei, weißt du«, ich ahme ihn nach.

Die klirrende Kälte, die sich im Auto ausgebreitet hat, wird von unserem Lachen durchschnitten, unsere Münder weit gedehnt. Wenn wir lachen, sehen wir aus, als wären wir verwandt.

»Papa, bedauerst du, dass du Vater geworden bist?«

Er sieht mich an.

»Ich bin mir nicht sicher, ob ich überhaupt ein Vater war.«

Er zuckt mit den Schultern.

»Auch mein Vater war mir gegenüber nicht viel besser, aber er war ein guter Kerl. Wirklich.«

Wieder zuckt er mit den Schultern. Er starrt vor sich hin, auf die archäologische Ausgrabung schlechter Vaterschaften.

»Was kann ich jetzt tun?«

Ich schweige.

»Er ist gestorben, ohne viel über mich zu wissen. Ich habe wenig geredet. Und als ich selbst im Sterben lag … Ich weiß auch nicht viel über dich. Und du erzählst so wenig.«

Ich zucke mit den Schultern.

»Wir versuchen es gerade, Papa. Vielleicht brauchen wir noch Zeit. Gib uns etwas Zeit!«

Er hustet, öffnet die Autotür und spuckt nach draußen. Verstohlen wischt er rasch eine Träne fort. Das Auto springt an, bewegt sich rückwärts, entfernt sich langsam von unserem kleinen und unnötigen Trauma. Im Auto verbreiten sich der Geruch von Ćevapčići, die warme Luft der Autoheizung und das melodramatische Geheule von Lady Gaga.

Und zwischen uns beiden wird der Spalt immer größer. Aus ihm steigt warmer Dunst auf.

36.

Schimpfen, murmeln und in der Wohnung herumstolpern. Mein Vater bereitet sich auf ein Date vor. Er sucht etwas, vielleicht hat er sich nur eingebildet, das betreffende Kleidungsstück zu besitzen. Oder hat zumindest eine Vorstellung davon, wie er darin aussehen sollte. Ich beobachte einen erwachsenen Mann, der nicht weiß, was er mit sich selbst, seinem Körper und seinem Spiegelbild anfangen soll. Er versucht es erneut. Mein Vater hat schon seit Jahren sein Selbstbewusstsein nicht mehr auf diese Art nach außen gekehrt. Vielleicht ist er von der Entwicklung überrascht worden. Ich sehe meinen Vater als nervösen und verängstigten Mann, der mir für einen Augenblick sympathisch vorkommt, treuherzig.

»Wozu habe ich das alles nötig, verfluchte Kacke!«

»Sie gefällt dir doch gut.«

Die Rede ist von Mirela, der Krankenschwester. Die zugewandt, humorvoll, intelligent und schnell sei. Sie planen, gemeinsam einen Spanischkurs zu besuchen. Natürlich nur für den Fall, dass mein Vater lange genug lebt. Das ist alles, was ich weiß. Und das ist alles, was er mir erzählt hat.

»Was heißt das schon in meinem Alter, verdammt noch mal?«

»Du bist doch gar nicht so alt.«

Ich höre ihn meinen Namen aussprechen, und zwischen den Zeilen höre ich ein »Fick dich« heraus.

»Du wirst schon sehen. Irgendwann ab 40, mit 45 oder so, da geschieht etwas mit dir. Und plötzlich ist dein Schwanz, einst der Mittelpunkt der Welt, plötzlich ist er so … So nutzlos. Gerade noch zum Pissen gut.«

Ich bin mir nicht sicher, was ich mit dieser Information anfangen soll. Seit ich hierhergekommen bin, habe ich die eigene Libido vergessen. Wenn es unbedingt sein muss, hole ich mir leise unter der Dusche einen runter, wie ein Teenager.

»Wenn das der Fall wäre, dann würdest du dich hier jetzt nicht aufführen wie ein Irrer.«

»Halt mal die Klappe. Wie sieht das aus?«

»Nicht schlecht«, lüge ich.

»Fick dich!«

Und er versucht es erneut. Das gleiche Polo-Shirt, aber in einer anderen Farbe. Jeans im gleichen Schnitt, aber dunkler. Und dazu ein schwarzer Gürtel, obwohl die Schuhe bleiben. Ich würde ihm gerne helfen, aber ich weiß nicht, wie.

»Es ist wirklich nicht schlecht. Die Frau hat dich nackt gesehen, völlig kaputt, in diesem elenden Pyjama … Echt jetzt, das hier ist ein Riesenfortschritt.«

»Fick dich!«

Er setzt sich auf die Bettkante und bleibt dort sitzen, wobei er den Punkt fixiert, wo der Boden mit der Zimmerecke zusammenstößt. Und er schaut nur hin.

»Papa.«

Das Wort hallt lauter durch das Zimmer, als ich es beabsichtigt hatte. Ich nehme meine schwarzen Schuhe, wische mit dem Ärmel ein wenig drüber. Ich trete an ihn heran.

»Nimm diese. Sie werden unbequem sein, aber sie passen besser zum Gürtel.«

»Ist schon toll, eine Schwuchtel zum Sohn zu haben.«

Das Wort »Schwuchtel« fühlt sich falsch an, es hat einen falschen Klang. Vielleicht ist es doch ein wenig zu früh dafür.

»Ja. Also gut, ich habe es versucht. Scheiße.«

Mein Vater steht vor dem Spiegel. Wir betrachten uns nur so lange und aufmerksam, wenn wir wissen, dass man uns beobachten wird, vor einem Vorstellungsgespräch, vor einem Interview, oder auch, wenn wir einen schlechten Tag haben. Mein Vater, dünner, als ich ihn aus der Kindheit in Erinnerung habe, müder, mit gelichtetem Haar. Mein Vater, seine Bewegungen, seine Anstrengungen, die Behäbigkeit, die mit dem Alter einhergeht. Ich erlaube mir diesen Voyeurismus, ich sehe die sexuellen Bedürfnisse meines Vaters, die bloße Tatsache, dass es sie gibt. Meine Eltern haben sich nie umarmt, nie geküsst, und in meinen Erinnerungen sind sie selten im selben Raum, in derselben Wohnung oder Stadt. Und zum ersten Mal empfinde ich meinen Vater als einen willkommenen Fremden, ich erkenne ihn.

»Papa!«

Ich sage seinen Namen.

»Alles ist in Ordnung.«

Ich versuche ihn zu trösten.

»Es ist wirklich alles in Ordnung.«

Ich sage es noch einmal.

»Jetzt wirst du mir erklären, wie ich eine Frau rumkriegen kann.«

Dann zieht er meine unbequemen, aber eleganten Schuhe an. Zurück bleibt ein ordentliches Durcheinander, Beweis seiner Nervosität und Unsicherheit. Ich stopfe alles in den Schrank.

»Wenn du die Wohnung nur für dich brauchst, sag mir einfach kurz Bescheid. Ich kann leicht für ein paar Stunden verschwinden.«

Die Rekorde einer Nordpolexpedition sind gebrochen worden. Diese Botschaft ist die Fahne, die in das Eis gerammt wurde, in dieses für uns beide neue, unendliche Territorium. Dort sind wir allein, er und ich.

37.

Während ich versuche, endlich in Ruhe *Suspiria* von Dario Argento zu schauen, strömt mein Name durch die Wohnung.

Es gibt leichtere und weniger leichte Tage. Heute ist einer der weniger leichten, einer von denen, an denen wir alles aufgeben und uns auf die Positionen zurückziehen, die angenehmer für uns sind.

Mein Name durchdringt wieder die Musik von Goblin. Ich stoppe den Film mitten in der Szene, in der die Freundin von Jessica Harper in das Knäuel aus Stacheldraht zu stürzen droht. Ich fühle mit.

Mein Vater setzt sich neben mich und scheint meinen Namen auszuatmen.

»Was zum Teufel hast du eigentlich mit deinem Leben vor?«

»Keine Ahnung, Papa.«

Das ist der Höhepunkt seiner Versuche, sich mit mir über dieses Thema zu unterhalten. Jedes Mal habe ich um noch etwas Zeit gebeten. Das Nichtstun wirkt sich auf meinen Vater irgendwie beklemmend aus. Für die Arbeit hat er einen guten Teil seines Lebens geopfert, seiner Gesundheit und unserer Beziehung. In den letzten Tagen habe ich mich den Filmklassikern gewidmet, die schon lange auf meiner Liste standen. Morgens trinke ich Kaffee im Café neben unserer Wohnung und lade dort ein oder zwei Filme herunter. Dann schaue ich sie mir an. Ich habe das auch als Teenager so gemacht, aber anstatt sie illegal herunterzuladen, habe ich die Filme in der Videothek in der Nähe unseres Wohnhauses ausgeliehen, die es damals noch gab.

»Ich weiß nicht, worin das Scheißproblem besteht.«

Mein Vater ist von meiner Krise genervt, von meiner Unschlüssigkeit, was ich mit mir anfangen soll, da sein ganzer Stolz und sein Erfolg als Vater auf der Tatsache beruhen, dass ich seit meinem 20. Lebensjahr selbständig und finanziell unabhängig bin. Mein Vater neigt dazu, diesen Erfolg sich selbst zuzuschreiben, er sei das Resultat seiner deutschen Erziehungsmethoden. Die Wahrheit ist jedoch, dass es für mich viel einfacher war zu arbeiten, als ihn um Geld zu bitten.

»Kannst du wirklich gar keine Pläne schmieden?«

»Nein. Ich habe keine Ahnung, wie.«

»Ich verstehe das wirklich nicht.«

»Was soll ich denn tun? Soll ich ausziehen?«

»Nein. Ich möchte, dass du dir klarmachst, was du eigentlich willst, und mir sagst, wie ich dir helfen kann.«

»Lass mich in Ruhe!«

Es gibt leichtere und weniger leichte Tage. Die leichteren verbinden zwei erwachsene Männer, die versuchen, eine Beziehung zueinander aufzubauen. Die weniger leichten bringen einen anmaßenden und wütenden Teenager in Konflikt mit seinem schlechten Vater, der einen Haufen unrealistischer Erwartungen hegt.

Mein Vater und ich können uns nicht verstehen. Er ist ein Mensch, den die Geschichte so tiefgreifend ausgenutzt hat, erniedrigt und enttäuscht, dass er nur auf die Zukunft setzen kann. Auf die gleiche Zukunft, die auch mir versprochen wurde, zu der es aber nie gekommen ist, die sich während der globalen Finanzkrise verabschiedet hat. Diese Zukunft gehört uns nicht, da die Generationen vor uns brutal an ihr festhalten, sie in Kriege verschleppen, in ökonomische und ökologische Katastrophen.

Fur meinen Vater und für mich ist eine Begegnung nur in der Gegenwart möglich. Wenige Dinge werden so überschätzt wie die Macht und das Potenzial des gegenwärtigen Augenblicks.

»Du solltest ein wenig über deine Zukunft nachdenken.«

»Und du solltest ein wenig mehr über deine Vergangenheit reden.«

Mein Vater spricht meinen Namen aus, sanft, enttäuscht.

»Ich habe mit dir nicht viel erreicht … Ich kann nicht sagen, dass ich eine große Rolle in deinem Leben gespielt habe. Ich gebe das zu. Und ich habe mich nicht besonders bemüht. Aber eine Sache ist mir gelungen. Ich habe einen Weg gefunden, dir zu erlauben, dein Leben zu leben, nicht meine eigene Scheiße zu durchleben. Ich weiß, dass mir das gelungen ist. Ich habe dich davor geschützt. Vor diesen ganzen Scheißdingen.«

»Papa …«

Schweigen. Ein erneuter Versuch.

»Papa, hast du mal *Suspiria* gesehen? Die Originalfassung?«

»Ja. Vor langer Zeit.«

»Willst du ihn mit mir noch einmal schauen?«

Das Mädchen, überzeugt, sich vor dem sicheren Tod gerettet zu haben, springt und fällt in das Knäuel aus Stacheldraht. Je mehr sie sich wehrt, desto mehr Einstichwunden hinterlassen die Stacheln. Je näher sie dem Ausgang kommt, desto mehr Blut verliert sie. Eine hübsche Metapher. So was gibt es.

»Ich kann mir das echt nicht anschauen, Scheiße noch mal, es ist erst zwei Uhr nachmittags.«

38.

Sehr geehrter Herr …,

bei der Geschäftsanalyse im letzten Quartal haben wir festgestellt, dass Ihr Workshop allzu hohe Kosten für unsere Firma verursacht. Außerdem hat eine Marktanalyse Ihrer Berufsgruppe ergeben, dass Sie für Ihre Leistungen einen unangemessen hohen Preis verlangt haben. Deshalb haben wir eine interne Befragung über den Erfolg Ihres Programms durchgeführt und festgestellt, dass dieses ineffektiv ist und sehr schlecht bewertet wurde. Deshalb haben wir uns entschlossen, die Zusammenarbeit mit Ihnen abzubrechen und 40 Prozent des Honorars zurückzufordern, so wie es vertraglich vereinbart wurde, falls es nicht zur Erfüllung der Abmachungen kommt.

Hochachtungsvoll
Vanja und sein prätentiös klingender Nachname

Ich drücke auf »Antworten«.

Eine Briefträger-Ente schwimmt im Fluss.
Ich winke sie herbei, da ich ihr einen Brief geben muss.
»Was steht im Brief, das interessiert mich sehr?«
Im Brief steht: »Ich liebe dich nicht mehr.«

Herzliche Grüße
Und ich unterschreibe mit meinem Nachnamen.

Bald wird eine Reihe verpasster Anrufe und »Melde dich«-Nachrichten eintreffen, kleine Erpressungen, Versuche, die Aufmerksamkeit auf sich zu lenken. Er kann mich immer mit Geld erpressen, mit der Summe, die ich mir von ihm geliehen habe, die er mir ausgezahlt hat. Geld ist Macht. Aber jemandem, dessen Konto völlig leer ist, dem ist alles egal. Für ihn sind 100, 200, 500 oder 5000 in gleichem Maße unerreichbar. Und für jeden dieser Beträge würde er alles tun, was von ihm verlangt wird, egal ob es dabei um 100, 200, 500 oder 5000 geht. Die verpassten Anrufe häufen sich, das Telefon vibriert gefährlich zur Tischkante. Mein Vater verleiht kein Geld. Wenn er Geld hat, dann gibt er es. Und er hat mir schon so viel gegeben, dass ich im nächsten Monat nicht Hunger leiden muss. Geld ist Macht. Diejenigen, die es besitzen, entscheiden über fremde Schicksale, Eltern, Politiker, Vermieter und Arbeitgeber. Das Geld ermöglicht die Erpressung, mit Geld wird man zum Schweigen gebracht. Jetzt ist ein kleiner Betrag der Mediator zwischen mir und meinem Vater geworden, die klare Grenze, über die man nicht gehen sollte. Und deshalb schweigen wir. Ich habe meine Selbständigkeit verloren.

Der letzte verpasste Anruf. Für heute. Mein Vater repariert etwas in der Wohnung. Er werkelt ständig herum, obwohl ihn das erschöpft, und dann schläft er. Er lehnt jede Hilfe ab. Und behauptet, dass ich unmöglich das, was er sich vorgestellt hat, schaffen würde. Und ich beschwere mich nicht, da ich sowieso keine Lust habe. Er setzt sich, trinkt etwas Cola.

»Ich verstehe nicht, dass jemand, der zehn Jahre gearbeitet hat, nicht einmal 50 Euro gespart hat.«

Ich zucke mit den Schultern.

»Ich verstehe nicht, dass ich schon seit zehn Jahren meine Rentenversicherung einzahle, aber nie die Rente sehen werde«, sage ich überheblich.

»Was ist das schon wieder für ein Unsinn? Wieso wirst du keine Rente haben?«

»Wenn ich alt bin, wird es dieses Konzept gar nicht mehr geben.«

»Blödsinn. Es hat immer eine Rente gegeben, und es wird sie immer geben.«

»Papa! In deinem Leben hat es größere Veränderungen gegeben als das Verschwinden der Rente. Es ist nicht gerade so, dass die Rente das Fundament der Gesellschaft ist. Das wird in sich zusammenbrechen.«

Er murmelt etwas vor sich hin.

»Es ist leicht zu erklären, warum ich nichts gespart habe. Weil ich es nicht geschafft habe. Alles wurde immer ein wenig teurer.«

»Na dann … Ich weiß nicht … Zu bestimmten Dingen kann ich dir keine Ratschläge geben, weil ich darüber nichts weiß. Ich weiß nicht. Ich weiß nicht, wie es für dich ist zu leben. Ich weiß, dass du es nicht leicht hast. In diesem Land ist nichts leicht. Und du bist …

»Wir werden uns schon zurechtfinden, Papa.«

»Wir werden diese Wohnung verkaufen.«

»Und wohin gehst du dann?«

»In eine kleinere. Also … Ich weiß nicht. Ich kann übermorgen krepieren. Was zum Teufel würdest du mit einer Wohnung hier machen? Ich werde die Hälfte nehmen. Du bekommst den Rest. Dann schaff Ordnung in deinem Leben. Du brauchst dich um mich nicht zu kümmern. Das brauchst du nicht. Ich habe dafür gearbeitet … Ich habe dafür gearbeitet, dass ich dir nicht zur Last falle. Weder lebend noch tot. Verstehst du? Alles ist … Bei mir sind alle Ausgaben im Voraus gedeckt. Sogar für meine Beerdigung. Du brauchst nicht zur Beerdigung zu kommen. Zur Bestattung. Ich habe alles organisiert. Damit du dich damit nicht herumplagen musst.«

Ich sehe meinen Vater weinen. Ich fühle mich, als wäre es das erste Mal in meinem Leben, dass ich ihn umarme.

Wir halten beide diese Umarmung aus, als wären wir beim Tauchen.

39.

Ich habe ein perfektes Lied für die Untersuchung gefunden, die mein Vater beim Arzt durchstehen muss. Ich höre *Everybody's Gotta Live*, das letzte Lied des letzten Albums der Gruppe Love. Ich sitze im Wartezimmer. Arthur Lee predigt sanft. In Wartezimmern gibt es nicht allzu viel Ironie, vor allem nicht in diesem. Ich sitze da. Neben mir ein älteres Paar, noch ein paar letzte Worte zum Abschied. Ein Herr im Rollstuhl schläft. Die Reinigungskraft hinterlässt eine feuchte Spur, darauf der Abdruck ihres Gesundheitsschuhs. Ich sitze und warte.

Lieber würde ich tanzen. Mein Kopf ist ungehorsam, er schwingt im Rhythmus der Musik. Die Schultern schließen sich an, die Wirbelsäule windet sich. Ich habe Angst. Und mir ist zum Weinen zumute. Und ich fürchte mich. Und ich hoffe, dass er nicht sterben wird.

Ich lächle dem Alten zu, der kurz wach geworden ist. Eine Frau schluchzt in der Ecke. Das Schluchzen prallt von den Wänden ab.

Ich möchte gerne tanzen, ich möchte gerne meine Arme heben, das Haar zurückstreichen, damit es meine Augen nicht verdeckt. Ich habe Lust auf Ecstasy und auf das Wegschmelzen im Serotonin. Ich möchte mich mit Menschen unterhalten, die ich nicht kenne, über Probleme, die ich nicht verstehe. Ich möchte flirten und ficken.

All das täte ich gerne. All das möchte ich. Als wäre das Desinfektionsmittel ein magischer Geist. Im Kopf schreibe ich die Wunschliste auf. Eine unerwartete Erektion, vielleicht vom Dunst des Todes.

Ich möchte tanzen. Die Onkologie ist das Berghain für den Tod, der dort mit den Fingern schnipst und sich mit seinen Freunden vergnügt. So kommt es mir vor.

Ich möchte leben.

Meine Gedanken und die siebte Wiederholung des Liedes werden von meiner künftigen Stiefmutter unterbrochen.

»Mirela, richtig?«

»Ja, ich bin gekommen, um zu sehen, ob es dir gut geht.«

»Es geht mir gut.«

»Ihm wird es auch gut gehen.«

»Woher wissen Sie das?«

»Er erholt sich gut.«

»Ich hoffe es.«

»Und wie geht es dir?«

»Mir geht es gut.«

»Kann ich mich hinsetzen?«

Sie setzt sich. Sie muss lachen. Ich schließe mich an. Diese Wände haben nicht viel Lachen gehört.

»Hör mal zu. Du und ich müssen keine Freunde sein, wir müssen uns nicht gut verstehen. Wir müssen gar nichts, aber wir können. Mehr seinetwegen als meinetwegen. Mir kommt unsere Situation ähnlich bizarr vor wie dir, und ehrlich gesagt auch ihm. Verstehst du das?«

Ich zucke mit den Schultern.

»Ich meine, bisher habe ich mich nicht in Halbtote verliebt.«

»Alles kommt im falschen Augenblick.«

»Ja. Aber dein Vater unterscheidet sich von den Männern, die ich sonst kennengelernt habe. Er ist wahnsinnig humorvoll. Fürsorglich. Empfindsam. Wir unterhalten uns so viel. Ich hätte nie geglaubt, dass ein Mann so viel erzählen kann. Und er geht wunderbar mit Jakov um ... Mit meinem Sohn. Und natürlich gibt es noch Dinge, über die es blöd wäre, mit dir zu reden.«

Ich denke nur: OMG.

»Wie auch immer, ich habe kapiert, dass du anders bist als er. Und dass du ziemlich verschlossen bist. Ich möchte dir nur sagen, dass ich dir deinen Raum lassen werde ... Du kannst immer zu mir kommen, wenn du möchtest. Wir können uns unterhalten und Spaß haben. Mit ihm, ohne ihn. Ich gucke gerne Filme. Und wir können auch schweigen. Für mich ist es in Ordnung, wenn wir schweigen, da ich sowieso den ganzen Tag reden muss. Wie du möchtest. Das wollte ich dir sagen. Ich weiß nicht. Es hat uns erwischt. Wir müssen uns jetzt entsprechend verhalten«, sagt Mirela und macht sich wieder auf den Weg über den Flur.

Sie bleibt kurz stehen.

»Es wird ihm gut gehen.«

Und dann verschwindet sie. Play.

Ich möchte tanzen. Und jemanden küssen. Und meinen eigenen Vater kennenlernen, bevor er stirbt.

Den Kopf, den Hals, die Schultern, die Wirbelsäule wiegen, mit den Fingern schnipsen, Arthur Lee.

40.

Ich höre meinen Namen, jemand hat ihn laut ausgesprochen. Vier Buchstaben, zwei Silben. Und noch einmal.

Und »verfluchte Scheiße« dazu. Und schon wieder mein Name, vier Buchstaben, zwei Silben. Mein Name kann, wenn man ihn laut ausspricht, in sich zusammenfallen. Der erste Buchstabe beginnt hoch, und mit jedem weiteren arbeitet sich der Name tiefer in den Hals vor.

»Bitte, Papa? Was schreist du denn so?«

»Verdammte Kacke.«

»Geht es dir gut?«

»Von wegen gut. Scheiße geht es mir. Komm sofort her. Komm her, verflixt noch mal.«

»Papa?«

Ich gehe in sein Zimmer. Diese Art Ärger habe ich beinahe vergessen. Mein Vater, entweder Schweigen oder Herumschimpfen.

»Was ist?«

Er wiederholt meinen Namen.

»Was ist das für eine Nummer?«

»Was denn?«

Er wirft mir die Zeitung zu. Papier flattert in alle Richtungen. Ich sehe meinen Namen, ein Foto von mir aus dem Internet.

»Verfluchter Mist. Ich verstehe dich echt nicht. Du

gammelst hier herum wie ein Faultier. Was du treibst, weiß ich ja nicht, ich frage nicht. Ich will nicht lästig sein. Aber verdammt und zugenäht. Dass ich das über dich in der Zeitung lese, und du bist im Zimmer nebenan. Also sag mal. Ich verstehe das nicht. Das musst du mir jetzt bitte schön erklären.«

»Papa, ich weiß nicht … Ich weiß nicht … Warte mal.«

»Worauf zum Teufel soll ich warten? Ich warte seit 30 Jahren, dass du mit mir sprichst. Na gut, zuerst habe ich mich selbst deswegen beschuldigt. Scheiße, ich war nicht da. Ich war es nicht. Aber warte mal. Jetzt bist du ein erwachsener Mensch, verdammt. Ich erwarte nicht von dir, dass du mir die Hand hältst oder dass du mir von jedem Typen berichtest, den du gefickt hast. Ich erwarte gar nichts. Aber das geht doch zu weit!«

Mein Name, mein Name, mein Name. Jedes Mal leiser ausgesprochen. Mein Name in der Zeitung.

»Ich kann bald krepieren. Ich kann jeden Augenblick krepieren. Und ich will endlich diese Operation hinter mich bringen. Wenn ich wenigstens eine beschissene Information über den eigenen Sohn hätte. Ich weiß nicht. Du hast alle möglichen Vorstellungen über unsere Beziehung. Na gut, ich habe alles falsch gemacht. Aber das hier … Ich verstehe das nicht. Dass du mir davon nichts erzählen konntest.«

»Papa, ich weiß nicht, was das ist. Ich verstehe das nicht.«

»Ich weiß nicht, ich weiß nicht, bei dir heißt es immer: Ich weiß nicht. Was ist jetzt schon wieder?«

»Ich weiß nicht.«

Eine Träne, eine salzige Träne tropft mir in den Mundwinkel.

»Was ist das für ein Scheiß? Wieso weinst du jetzt? Du bist komplett irre, ich schwöre es. Wieso weinst du? Du sollst nicht weinen. Lass uns feiern. Lass uns etwas trinken. Komm, wir öffnen eine Flasche. Hör auf zu flennen.«

Ich lese meinen Namen, sehe mein Foto, den Titel.

»Entschuldige. Ich übertreibe, aber ich bin deinetwegen glücklich. Ich hätte gerne, dass wir beide solche Dinge zusammen feiern können.«

»Papa, ich weiß nicht … Ich möchte nicht.«

»Ich möchte, dass wir so etwas teilen können. Etwas … Vor allem so etwas … Also verflucht …. Es kann sein, dass ich dafür zu blöd bin, aber ich würde das gerne sehen … Ich bin so stolz auf dich. So stolz. Ich liebe dich.«

Mein Name, mein Nachname, mein Bild, aufgenommen irgendwann beim Ausgehen, ich sah besser aus als jetzt. Eine kurze Nachricht, der Titel ist beinahe länger als der Text.

Mein Name und Nachname, Sieger des Wettbewerbs des Fraktura Verlags für neue Autoren mit dem Gedichtband Hotel Lebewohl.

41.

»Was ist das für ein Scheiß? Ich kapier es nicht. Vielleicht bin ich ein Blödmann. Aber was ist das bitte schön für ein Scheiß? Ich könnte euch verklagen. Ich könnte euch echt verklagen, du Vollpfosten. Dich und deinen kleinen Schwanzlutscher.«

»Ich würde an deiner Stelle nicht mit Klage drohen«, Goran lacht. »Ich habe eine Kanzlei mit 20 Anwälten. Und achte ein wenig auf deine Worte, also bitte.«

»Aber was ist das für ein Scheiß? Wer hat dir die Erlaubnis dazu gegeben? Wer hat dir die Scheißerlaubnis gegeben, verfluchte Scheiße?«

»Was regst du dich auf? Es ist doch egal.«

»Es ist gar nicht egal. Jetzt werden alle ... Jetzt werden das alle lesen.«

Goran sagt meinen Namen von oben herab, gönnerhaft.

»Das ist nur ein kleiner Poesieband. Das wird niemand lesen. Beruhige dich.«

»Und alle werden mich auslachen.«

»Ach, mein kleiner Narziss!«

»Goran, du traust dich jetzt echt ... Das ist irre. Traust du dich jetzt echt, mir kluge Ratschläge zu geben? Du kannst mich mal. Du kannst mich wirklich mal, hörst du mich, Goran? Du kannst mir den Buckel runterrutschen. Und du brauchst mich nie mehr anzurufen.«

Goran lacht.

»Mein Schatz, du musst dich beruhigen. Hörst du mich? Beruhige dich.«

»Wer hat dir das Recht dazu gegeben? Das ist alles, was mich interessiert, wer hat dir das Recht dazu gegeben?«

»Ich habe eigentlich gar nichts getan. Ich habe dich aufgegeben. Ich bin nicht dein Vater. Und ich möchte auch niemanden erziehen. Ich hab dir dabei geholfen, da mich die Sprache interessiert … Aber deine Entwicklung … Das geht mich nichts an. Du bist in meinen Augen eine erwachsene Person. Eine erwachsene Person, die ihre Prioritäten ziemlich dämlich gewählt hat.«

»Mein Gott noch mal.«

Goran lacht wieder.

»Ich habe nichts getan. Mein Mann war es. Ihm bedeutet das mehr als mir. Er hat darin gelesen … Er hat etwas gefunden, das ihm fehlt. Verstehst du? Du musst ihn anrufen. Aber wenn du ihm auf diese rabiate Art die Leviten liest, dann verprügle ich dich. Verstehst du? Also, an deiner Stelle würde ich mich jetzt beruhigen. Ich würde feiern. Das Leben geht weiter. Man wird einen Gedichtband von dir rausbringen. In Kroatien. In einer Miniauflage. Davon wird niemand etwas mitbekommen.«

»Mir folgen schon 30 neue Personen auf Instagram!«

»Jemand Gutaussehendes dabei?«

»Einer.«

Ein Lachen am anderen Ende der Leitung. Ein Sich-Kaputt-Lachen. Und lachend ausgesprochen auch mein Name.

»Fick dich.«

»Ich liebe dich auch.«

»Ihr beide sollt euch ficken.«

Ich höre meinen Namen, dieses Mal zärtlich ausgesprochen.

»Fick dich!«

Das Lachen ist ansteckend. Die Verbindung wird lachend beendet.

»Mit wem redest du so?«, fragt mich mein biologischer Vater.

»Mit einem Freund«, antworte ich. Es ist eine Halbwahrheit. Es wäre nicht einfach zu sagen: »Mit einem *fuck buddy*, der 30 Jahre älter ist als ich, weil ich unter schrecklichen *daddy issues* gelitten habe.«

Mein Vater liest den kurzen Artikel, diese Nachricht, vielleicht schon zum 15. Mal. Seine zitternde Stimme verrät, wie stolz er ist. Obwohl der Text meine Poesie am Rande des Trivialen ansiedelt, als eine Art urbane, poetisch naive Kunst beschreibt, mit einfachen, offenen Formen und unregelmäßigen Reimen. Poesie als Antwort auf Instagram, jedes Gedicht sei eine kleine Story, ein Fenster zur Welterfahrung, die Gedichte seien Risse intimer Gedanken und Gefühle, so steht es in der eher konservativen Zeitung, in diesem Text, der in poetischer Sprache verfasst wurde. Immer wieder liest mein Vater den Absatz, in dem die Trivialität des Themas erklärt wird, schwule Identität zwischen alterndem Hipstertum und zynischer Romantik. Mein Nachname, dann ein Verb im Präsens, dann geht der Satz weiter. Alles, was ich da heraushöre, ist: (mein Nachname) ist ein unbegabter, trivialer und bescheuerter Schwuler, eine Schwuchtel. Die unterdrückten Erinnerungen an alle denkbaren Beleidigungen werden jedes Mal lebendig, wenn ich etwas feiern sollte, ob einen Erfolg oder eine neue Liebe.

Eine aufkommende Panikattacke verhindere ich kurzzeitig durch die Überprüfung meines Instagram-Profils. 73 neue Follower. Es hilft aber nichts.

Ich kann nicht atmen. Ich höre meinen Namen.

»Alles ist gut.«

»Ich habe Angst.«

»Ich auch.«

Objektiv betrachtet sind allerdings ein Gedichtband und ein Tumor nicht das Gleiche.

Und dann spült das Wasser alles fort, die Follower, den Gedichtband, Goran, Vanja, die Kündigungen und Schulden, das warme Wasser, Vaters Umarmung.

42.

»Komm schon, zieh dir eine normale Hose an. Es ist halb zwei. Du kannst nicht im Schlafanzug rumhängen. Ein Wohnungsinteressent kommt.«

»Wie bitte?«, ich schrecke auf und unterbreche das unendliche Scrollen.

»Ein Mann, der die Wohnung kaufen möchte, kommt gleich«, sagt mein Vater, als unterhielten wir uns hier über einen alten Fernsehapparat.

»Welche Wohnung?«

»Diese Wohnung.«

»Wie bitte?«

Ich höre meinen Namen, der Subtext lautet »Fick dich!«.

»Papa, aber wo wirst du wohnen?«

»Wir denken uns etwas aus.«

»Das geht nicht.«

»Die Wohnung gehört mir, ich werde sie verkaufen. Und du ziehst dich jetzt bitte an. Und geh Kaffee trinken. Und dann rufe ich dich, wenn das Mittagessen fertig ist.«

»Papa!«

»Hör mir mal zu. Dieser Mann wird die Wohnung für einen guten Preis kaufen. Und wir werden sie verkaufen. Das Geld werden wir aufteilen. Ich werde mir etwas Kleines kaufen, nicht mehr im Obergeschoß. Du wirst dich wieder aufrappeln. In deinem Alter hatte ich bereits diese Wohnung hier. Auch meine Eltern waren damals ausgezogen. Jetzt werde ich das für dich tun. Alles andere ist mir scheißegal.«

»Nein. Das kann ich nicht erlauben.«

»Wer fragt dich denn überhaupt? Man hätte diese Wohnung schon vor langer Zeit verkaufen sollen. Vor langer Zeit … Man hätte sie sofort nach dem Krieg verkaufen sollen. Nachdem ich die Dokumente bekommen hatte. Hör zu, was ich dir sage. Du wirst hier keinen Tag mehr wohnen. Und ich möchte hier nicht bleiben.«

Ein Krähenschwarm steigt irgendwo in der Ferne auf.

»Ich habe für diese Wohnung gekämpft. Damals hatte ich eine Vision für die Zukunft … Aber was soll's. Das war eine andere Welt. Die Zeiten ändern sich. Über bestimmte Dinge möchte ich nicht mehr nachdenken. Vor allem nicht über diese Wohnung.«

»Wegen Mama?«

»Wegen allem.«

»Wir müssen uns einmal darüber unterhalten, oder?«

»Was würde das ändern?«

»Einmal, Papa … Einmal … Nicht jetzt. Irgendwann einmal.«

»Hör zu … Für mich bedeutet irgendwann einmal nicht viel. Ich habe das Jetzt.«

»Machst du dir Sorgen wegen der Operation?«

»Ich mache mir Sorgen darüber, was ich hinterlasse.«

»Papa, mir wäre es lieber, wenn wir uns häufiger unterhalten würden …«

»Warum? Dieser Staat ist eine Geisel der Erzählungen, die Väter ihren Söhnen erzählt haben. Die Geisel dieser familiären Scheißgeschichten. Darüber kannst du ein Gedicht schreiben. Und bleib mir damit verdammt noch mal weg. Ich habe mich entschlossen, dass ich dir mit nichts zur Last fallen will. Und ich habe entschieden, dass ich dein Leben nicht mit meinen Scheißproblemen zumüllen werde. Damit, was mir zugestoßen oder nicht zugestoßen ist. Das war meine Entscheidung. Und ich glaube, dass das die einzig wirklich gute Entscheidung in diesem ganzen Schlamassel war. Denn du kannst dein Leben führen, wie du möchtest. Ich habe entschieden, dass du mit all jenen Dingen nichts zu tun hast. Mein Alter konnte sich nicht distanzieren. Ich konnte mich nicht distanzieren. Ich habe dafür gesorgt, dass du dich distanzieren kannst. Das sind meine Scheißprobleme, nicht deine. Jetzt ist sowieso alles vorbei. Und ich will, dass alles zur Hölle fährt. Dieses Zimmer, das Fenster, der Ausblick, die Krähen. Es soll sich alles zum Teufel scheren.«

»Dann lass uns verkaufen.«

»All das … Man vergisst alles. Der Fluss nimmt es mit. Dieser Mann … Ich meine, der Käufer. Er hat mich vor 30 Jahren irgendwo getroffen und mir gratuliert, dass ich noch am Leben bin. Ein Serbe, und immer noch am Leben. Stell dir das bitte vor. Und letzte Woche hat er mir die Hand gegeben, er gratulierte mir zu deinem Preis und bot mir gutes Geld für diese Wohnung. Die Zeiten ändern sich. Ich muss damit leben. Damit, dass alles für die Katz war. Ich muss damit leben. Du nicht. Meine Frau ist wegen all dem kaputtgegangen. Mein Leben, mein Tod, all das ist für die Katz.«

Das ist das erste Mal, dass ich höre, dass er sie »meine Frau« und nicht »deine Mutter« nennt.

»Wenn die sich erlaubt haben, neu anzufangen, dann erlaube ich mir das auch. Und jetzt zieh diese Scheißhose an. Geh irgendwo Kaffee trinken. Es geht mir am Arsch vorbei, was du tun wirst, nur sitz hier nicht herum. Du kannst auch joggen gehen, meinetwegen. Verflixt noch mal. Du hast nur noch ein paar Jahre vor dir, in denen du dich durch die Gegend vögeln kannst, ohne dich groß dabei anzustrengen. Was guckst du so? Sieh mich an. Ich habe diesen Krebs gebraucht, um abzunehmen. Verflixte Scheiße.«

43.

Wir sitzen auf der Bank vor dem Krankenhaus. Die Krankheit hat ihn verjüngt. Wir sehen uns ähnlich. Er raucht wieder, kein Arzt hat sich darüber aufgeregt. Wir unterhalten uns nicht allzu oft. Er liest laut eine Kritik meines noch nicht veröffentlichten Gedichtbands vor. Das macht ihm Spaß.

»Diese Frau schreibt ziemlich theatralisch. Hör zu. Das Ende der Poesie … Ein weiterer Nagel im Sarg der längst verstorbenen Schönheit.«

Unser Familienname.

»Hör zu … Flach, oberflächlich und narzisstisch … Eine Ansammlung von Gedanken, die besser ungeschrieben geblieben wären. Obsessive Beschäftigung mit dem eigenen Selbst, ein Vertreter der Generation, die man nicht umsonst die ›Generation Ich‹ nennt. Obwohl der Verlag diese Gedichte lobt und versucht, sie zu verteidigen, diesem jungen Mann wäre mehr geholfen, wenn ihm jemand sagen würde, wie banal er ist. Mein Sohn, du bist banal.«

Wir lachen. Mittendrin wiederholt er unseren Familiennamen.

»Er instrumentalisiert die eigene Homosexualität, wobei er sie banalisiert und ihr jedes revolutionäre und aktivistische Potenzial raubt. Diese Kritikerin gefällt mir besser als die, die dich gelobt hat.«

»Warum?«

»Weil so etwas zählt. Du wirst diese wütende Dame überleben und weitermachen.«

»Vielleicht überlebe ich es nicht.«

»Davor hast du dich gefürchtet. Und sieh mal an … Du hast es überlebt.«

»Und wirst du überleben?«

»Woher soll ich das wissen, verfluchte Scheiße? Ich beschäftige mich mit diesem Scheiß überhaupt nicht.« Er liest weiter. Und grinst dabei. »Jedes Gedicht, sowohl formal als auch inhaltlich banal, besitzt so viel Tiefe wie ein durchschnittlicher TikTok-Beitrag meiner Tochter.«

Er zieht an seiner Zigarette, als wäre es seine letzte.

»Also so was.«

Ich hole mein Handy heraus und mache ein Selfie von uns beiden. Es sind 30 Jahre seit unserem letzten gemeinsamen Foto vergangen. Ich poste es. Sofort kommen die Likes und, vielleicht doch ein wenig peinlich, einige Nachrichten, die man als Flirten deuten könnte.

»Hör mal zu, es wird alles gut sein mit dir. Das freut mich zu sehen. Dass es dir gut gehen wird.«

»Dir wird es auch gut gehen.«

»Hör zu, das ist wichtig. Du musst dein Leben leben. Spaß haben. Alles, was dazugehört … Hör jetzt zu … Ich war nie ein Klugscheißer dir gegenüber. Und ich möchte das auch in Zukunft nicht sein. Was du tun willst … Mit wem du was tun willst, das ist mir egal. Es ist mir scheißegal, welches revolutionäre Potenzial in deinem Herumvögeln liegt … Du sollst über dich selbst bestimmen …

Aber hör zu … Warte, ich muss mich konzentrieren. Also hör jetzt zu.«

Ein Tropfen, Augenwinkel, Mundwinkel, entlang des Kinns, in den Schoß.

»Hör zu … Alles ist so egal. Manchmal ist das Leben einfach schrecklich. Scheiße … Angst, das ist die größte Kacke. Und dann geht alles vorbei. Ich kann schlecht erzählen, ich kann das jetzt echt nicht gut zusammenfassen … Verdammte Kacke. Was ich sagen möchte, sei glücklich. Was weiß ich, hab Spaß. Hab nichts als Spaß. Alles andere soll dir scheißegal sein. Hast du verstanden?«

Ich nicke.

»Ich frage, ob du verstanden hast. Es ist mir wichtig, das zu hören.«

»Ich habe verstanden.«

»Gut so, denn hier steht, dass du eine seichte und banale Schwuchtel bist.«

»Du Blödmann. Das ist so, weil du nie da warst.«

»Auch wenn ich da gewesen wäre, wärst du trotzdem schwul, aber vermutlich noch bescheuerter.«

Wir lachen. Mitten im Lachen, im Einatmen, noch ein Tropfen, das andere Auge, die Wange, das Kinn entlang auf den Ärmel.

Wir haben Spaß.

Und noch ein Selfie. *Daddy issues.* Und – ein wenig geschmacklos wegen der Nähe zum Tod – füllt meine Inbox sich mit kleinen Flammen. Die globale Erwärmung.

44.

Am Tag der OP spreche ich kaum. Er sieht müde aus, als ob er dabei wäre aufzugeben, irgendwie weggetreten. So erinnere ich mich an ihn aus der Kindheit. Unsere Beziehung ermüdet mich, wir haben die wenigen Themen, die wir in den letzten Monaten gefunden haben, ausgeschöpft. Wir sind immer noch zwei Fremde. Wir können einander nicht helfen. Wir können uns nicht aufeinander verlassen, wenn eine Krise kommt. Wir wissen nicht, wie wir uns gegenseitig trösten sollen. Ich sitze neben ihm. Ich überlege, ob ich seine Hand halten sollte. Ich kann das nicht. Beim Gedanken an Körperkontakt steigt eine leichte Übelkeit in mir auf.

»Geh!«, sagt er endlich.

Ich tue so, als ob ich es nicht gehört hätte.

»Geh!«, schreit er. »Geh nur! Du musst mich nicht anschauen. Du musst dich nicht verstellen … Davon geht es mir noch schlechter. Wenn du nicht hier sein möchtest, dann geh! Sitz ja nicht hier, als müsstest du das. Wenn du nicht hier sein willst, dann geh nur! Ich erwarte nichts von dir. Nichts. Und ich habe es auch nie getan. Deshalb, geh! Schau mich nicht so an. Denn ich sehe deutlich, dass du lieber anderswo wärst.«

»Papa, alles ist okay.«

»Geh! Wenn ich es dir sage. Mich muss man nicht so

pflichtschuldig trösten. Was sich angeblich gehört, ist mir scheißegal. Wenn du kein Bedürfnis danach hast, dann hast du es nicht … Scheiß drauf. Ich bin selbst schuld. Geh du mal schön deiner Wege. Du hast jetzt die Wohnung nur für dich und kannst es genießen. Es kann dir scheißegal sein. Es kann dir scheißegal sein.«

»Was redest du denn da?« Ich rebelliere.

»Wir beide sind gleich. Ich dachte immer, du wärst so wie die Alte. Das dachte ich … Und jetzt sehe ich, dass wir gleich sind. Ich kann erahnen, woran du denkst. Du möchtest nicht hier sein. Ich gehe dir auf die Nerven. All das hier geht dir auf den Sack.«

»Na ja, es ist nicht gerade angenehm.«

»Aber dass du nicht imstande bist, einmal zu sagen, komm, Alter, es wird alles gut. Ich weiß nicht, irgend so etwas. Keine Angst, Papa. Ich bin bei dir, und es wird alles in Ordnung sein. Dass du mir nicht so was sagen kannst, sondern so dasitzt und auf die Uhr guckst. Also verflucht noch mal, ich fasse das nicht. Verdammte Scheiße, ich kapier es nicht! Dass du mir nicht mal 15 beschissene Sekunden eine Stütze sein kannst. Ich raffe das nicht, verflixt und zugenäht. Du sitzt nur da, als wärst du stumm. Und es geht dir am Arsch vorbei. Lebendig, tot, dir egal. Du hast dein eigenes Leben. Du hast deinen Rhythmus, deine … ja, was deine, keine Ahnung eigentlich, was zum Teufel du überhaupt im Leben treibst. Du hast dein kleines Leben, und niemand passt mehr hinein. Das ist nur noch beschissen.«

»Komm, beruhige dich. Beruhige dich, bitte.«

»Warum soll ich mich beruhigen? Es ist völlig egal. Völlig egal. Nichts ändert sich. Alles ist, wie es immer war. Nur der Mensch hofft, dass es ein bisschen besser werden könnte. Mit der Zeit … Einmal. Aber dann ist die Zeit um. Und …«

Er weint. Ich greife nach seiner Hand. Endlich. Sie ist kalt. Er drückt heftig zu.

»Und die Zeit ist um. Also, man soll nicht … Es ist so, wie es ist, verdammte Scheiße.«

Er zieht seine Hand zurück und wischt die Tränen ab.

»Hör zu. Du musst dich nicht um mich kümmern. Ich habe alles organisiert. Alles. Sollte ich verrecken, die Beerdigung ist bezahlt«, wiederholt er das, was er mir schon gesagt hat. »Sollte ich überleben, werde ich einige Zeit bei Mirela wohnen. Sie hat ein Haus, dann werde ich nicht die Treppe zu unserer Wohnung hochsteigen müssen. Die Wohnung ist verkauft, aber alles kann noch drinbleiben. Wenn wir uns für einen Umzug entscheiden, oder wenn du dich entscheidest wegzuziehen, werden meine Kollegen kommen und alles in 20 Minuten erledigen. Du musst dich um nichts kümmern. Nur diese Nummer hier anrufen. Miran. Schreib sie dir bitte auf. Und wenn du ihm nur Bescheid geben könntest nach der OP. Er kümmert sich um mich, als wäre ich sein eigener Vater.«

Das tut weh. Er fasst nach meiner Hand.

»Hör zu. Wir haben es versucht. Wir haben es versucht. Ich schätze das. Wir haben es probiert. Ich weiß nicht, ob wir es geschafft haben. Aber etwas haben wir versucht. Du und ich. Vielleicht zu spät … Ich weiß es nicht … Aber es war schön. Und das sollst du auch sonst im Leben tun. Es versuchen … Der Versuch zählt. Nichts sonst. Das möchte ich dir sagen. Du musst es ausprobieren. Du musst es versuchen in deinem Leben. Das sollst du mir versprechen. Versprich es mir! Bitte, versprich es mir … Der Versuch ist das Wichtigste. Das weiß ich jetzt. Probieren.«

»Papa, alles wird gut sein. Beruhige dich. Es wird alles gut sein.«

45.

All dieser Ärger und diese Wut und, jetzt am Ende, das Schamgefühl, das sich in die Schlaflosigkeit einschleicht, zwischen die Bettlaken, unter das Kopfkissen. Wohin mit all dieser Wut? Ich lege mich auf den Rücken. Ich öffne die Augen. Über mir die gleichgültige weiße Zimmerdecke. Haben auch meine Eltern diesen Punkt beim Sex oder direkt danach angestarrt? Hat meine Mutter diesen Punkt angestarrt, aufgelöst vom Alkohol? Wohin mit all der Wut, mit der Scham? Was tun mit diesem vagen Gefühl? Ich sollte traurig sein, aber ich bin wütend. Ich sollte Angst verspüren, aber das Schamgefühl überflutet mich.

Wohin mit diesem Überfluss an Schamgefühl? Ich weiß nicht, was ich mit mir anfangen soll. Ich bin paralysiert. Ich kann nicht weinen, ich kann auch nicht schreien. Vielleicht wäre es gut, mit jemandem zu streiten, mit jemandem zu vögeln. Ich schreibe Vanja eine Nachricht, *hallo, bist du wach?* Mit ihm würde beides gehen. Vielleicht sogar gleichzeitig.

Schamgefühl, so viel Schamgefühl, hervorgegangen aus so viel Hass. Ja, ich hasse meinen Vater. Einen Mann, den man unmöglich nicht lieben kann. Einen Mann aus Glas, Federn und Schnee. Den Vater, der behauptete, immer für mich da zu sein, der so viel arbeiten musste, damit ich mein Leben in Ruhe leben kann. Den Vater, der nie

Probleme machen, sich nie aufdrängen wollte. Den Vater, der alles akzeptiert hat, der mich nicht rausgeschmissen, der mir regelmäßig Taschengeld geschickt hat. Den Mann, der mich traurig anschaut in der Erwartung, dass ich Kontakt zu ihm aufbaue, dass wir uns begegnen. Den Mann, der jetzt erwartet, dass ich mich um ihn kümmere, dass ich ihn tröste, dass ich ihm helfe und dass ich ihn liebe.

Ich hasse meinen Vater, der davon überzeugt ist, dass sein Sohn ihm etwas schuldet.

Ja, dieses Schamgefühl rührt vom Hass her. Und von diesem leisen, unterdrückten Wunsch, er möge sterben, damit ich mich nicht mehr mit der Sache beschäftigen muss, damit ich endlich allein bin und er mich endlich in Ruhe lässt. Wenn er sterben würde, würde ich ihm nichts mehr vorwerfen. Er nähme alle seine Verbrechen mit ins Grab, wie ein Angeklagter beim Kriegsverbrechertribunal in Den Haag. Und die Welt könnte voranschreiten. Und ich müsste mich nicht mehr damit beschäftigen, warum er mich mit einer Alkoholikerin allein gelassen hat, warum er mich nicht vor dem emotionalen Missbrauch beschützt hat, warum er mich nicht retten wollte und warum er mir nie geglaubt hat. Und ich müsste mich nicht mehr mit dem Unfall beschäftigen und mit der Frage, warum er ihr die Autoschlüssel überlassen hat, obwohl er wusste, in welchem Zustand sie war. Würde er nur sterben. Dann müsste ich ihn nicht mehr insgeheim beschuldigen wegen meiner Einsamkeit, wegen meiner Angst vor der Liebe, ich könnte ihm nicht mehr vorwerfen, dass ich eine Eiskönigin bin. Und wenn er bloß sterben würde, dann hätte ich nicht mehr diesen inneren Drang, noch etwas tun zu müssen, dieses Gefühl von Misserfolg. Wenn er sterben würde, dann verschwände vielleicht auch das Gefühl, dass mich niemand je lieben wird.

Und wenn er sterben würde, dann hätte ich vielleicht keine Angst mehr, dass ich ihm immer ähnlicher werde. Dass ich von Jahr zu Jahr immer mehr so bin wie er, dass ich jedes Jahr einige Minuten länger schweige, dass ich in größeren Gesellschaften immer abwesender bin und dass noch mehr von meinen Fingernägeln abgeknabbert ist. Vielleicht würde ich das als Zeichen auffassen, dass es an der Zeit ist, einen anderen Weg einzuschlagen, die Toten unter der Erde zu lassen, sowohl ihn als auch sie, und dann endlich etwas anderes allein zu probieren, ein anderes Leben. Vielleicht würde ich mich dann trauen. So bin ich eine Geisel seines Lebens, seiner Entscheidungen und Geheimnisse, der Gefangene dessen, was er aufgrund seines Schamgefühls nicht zugeben möchte. Und es bleibt mir nichts anderes übrig, als mich zu befreien. Ich muss ihn umbringen.

Ich blinzle. Von der Schlaflosigkeit bin ich vollständig wach geworden. Meine Nachricht wurde nicht gelesen. Ich weiß auch nicht, wie ich zu dieser Uhrzeit nach Zagreb kommen sollte. Ich öffne die Augen. Atme ein. Ich fühle nichts, endlich. Ich brauche niemanden. Bisher habe ich alles allein geschafft, das werde ich auch in Zukunft so machen. Ich werde mir schon was einfallen lassen. Ich bin eine Ratte, genügsam, ich komme mit wenig aus, in der Dunkelheit wie in der Angst. Ich kann alles allein. Ich schulde ihm nichts. Er mir auch nicht. Ich werde einen Plan machen. Mich zurechtfinden. Und dann wird alles wieder in Ordnung sein. So wird es sein. Ich verschicke Nachrichten, denke nicht viel darüber nach, was ich schreibe. Aber ohne mich zu fürchten.

Er selbst hat mir gesagt, dass ich es versuchen muss. Es ist höchste Zeit, es wenigstens zu versuchen.

46.

Ich wichse.

Ich versuche zu wichsen. Ich wichse. Ich bearbeite meinen Schwanz, als schulde er mir Geld. Ich wichse, als würde ich Pizzateig ausrollen. Ich wichse für Geld. *Making it rain.* Ich wichse, weil ich mit meinem genetischen Material mehr verdienen kann als mit meinem Talent. Ich wichse, da die Natur einen fatalen Fehler gemacht hat. Sie hat einem Schwulen Fruchtbarkeit geschenkt. Mein Sperma erreicht auf dem Markt einen besseren Preis als meine intellektuelle Arbeit. Oder die körperliche Arbeit meines Vaters. Das Wichsen als Arbeit, als physische Arbeit, Arbeit mit den Händen, eine Art Rohstoffgewinnung, wie im Bergbau. Ich wichse und philosophiere herum. Wichse nur weiter! Ich fühle mich wie eine pornographische Mrs. Dalloway. Wichse nur! Ich schaue in den Plastikbehälter auf dem Tischchen. Mein Penis ist Alice im Wunderland, er wird kleiner und kleiner. Er hinterlässt eine dünne Schleimspur.

Ich wichse sachte.

Ich frage mich, ob in Krisenzeiten nicht alle Kinder so entstehen, wenn die Eltern sterben, wenn kein Geld mehr da ist, wenn existentielle Zweifel aufkommen. Eine winzige Spermapfütze, dieses Erdöl der Zukunft, eine erneuerbare Einnahmequelle. Hana war mit jeder Summe einverstanden. Vielleicht hätte ich auch mehr verlangen können. Ich wichse für meine Zukunft. Für ein wunderbares Kind, das in London groß werden wird, ein Kind der Oberklasse, ein multikulturelles und multilinguales Kind. Ich wichse für die Zukunft meiner Familie, meines Vaters, seine Zukunft und seine Genesung. Ich wichse für mich. Ich wichse, da ich keinen besseren Plan habe. Ich frage mich, ob alle Kinder so entstehen, in Ermangelung von Fantasie, von Planung und von Mut. Auch ich bin an einem Ort entstanden, an dem man sich hätte trauen sollen zu leben.

Ich wichse.

Wie würde die Welt aussehen, gäben die Eltern ihren Kindern gegenüber zu, dass sie aus Angst vor Einsamkeit entstanden sind, als Trost. Hana hat recht. Ein Kind ist eine Transaktion, ein Tausch, um in Ruhe gelassen zu werden, für den Familienfrieden, eine Plombe, mit der man kleinere oder größere Einsamkeiten zustopfen kann. Ich wichse und philosophiere. Freilich, das führt zur Impotenz.

Die Hose und die Unterhose hängen mir um die Fußgelenke. Es ekelt mich an, mich hinzusetzen. Ich watschele zu dem kleinen Fenster, von dem aus man den Zagreber Berg Sljeme sieht. Ich betrachte die Bäume, die sich träge wiegen, wie auch ein Teil von mir.

Irgendwann in meiner Pubertät hat mir mein Vater gesagt, ich solle darauf achten, dass mein kleiner Kopf nicht lauter werde als der große. Und dass ich immer wissen müsse, mit welchem der beiden Köpfe ich denke.

Mein Vater wusste nicht, dass mein großer Kopf voller Beklommenheit und Angst war und dass er jeden meiner Versuche, glücklich zu sein, verhindern würde. Dabei habe ich es nicht einmal versucht.

In diesem Moment baue ich eine Verbindung zu zahlreichen Männern auf, die – egal ob schwul oder hetero – mit ihrem Schwanz in der Hand auf die Idee kommen, dass ihr Kind es vielleicht besser machen wird, dass das neue Leben besser sein wird als das jetzige. Eine Spermapfütze beinhaltet nicht nur Karies, Haut- und Knochenprobleme, Haarverlust und Anämie. Sie beinhaltet auch positive Zukunftsaussichten.

Ich wichse.

Ich weiß auch, warum. Der große Kopf hat die Entscheidung für den kleinen getroffen. Ich wichse und schreibe in Gedanken eine Liste von Gründen auf, weshalb ich wichse. Wegen des Geldes, genug Geld, damit ich es meinem Vater geben kann für seine Genesung. Und für mich selbst, damit ich endlich wegziehen kann. Ich wichse, da ich im Leben nie etwas versucht habe. Ich wichse, da ich alles versäumt habe und mich zu alt fühle, um irgendetwas anzufangen. Ich wichse, weil es schön ist, einen höheren Sinn zu haben, einen Grund für das Leben. Ich wichse, weil die Welt überfüllt ist mit schlechten Vätern. Warum sollte es nicht noch einen geben? Ich wichse, weil Vaterschaft eine Wahl ist, das Leben nicht. Ich wichse, weil ich eine Entscheidung getroffen habe, eine mutige Entscheidung, ich habe mich getraut.

Ich wichse.

Und mein Handy vibriert. Ich fühle es an meiner Ferse. Es vibriert weiter. Ich wichse weiter. Ich versuche mich zu beugen, um es auszuschalten. Es ist Zoja. Es vibriert weiter. Das Handy fällt auf den Boden, der jetzt auch zu vibrieren beginnt. Zoja. Ich wichse. Ich greife nach dem kleinen Behälter. Ich schaffe es nicht, rechtzeitig aufzustehen, da meine CK-Unterhose und meine enge Levi's meine Beine zusammenbinden, ich habe mich für das Wichsen in den Plastikbehälter fein gemacht. Ich lande auf den Knien. Eine Pfütze im Wert eines besseren kroatischen Jahreseinkommens breitet sich auf dem pastellgrünen Fußboden aus. Und ein bisschen auch auf der Wand. Ich wische es mit dem Ärmel fort.

Das Handy vibriert.

Vaterschaft ist eine Wahl, und das Leben ist auch eine Wahl, wenn man ehrlich ist. Große Gedanken, während ich mit den Fingern die lauwarme, klebrige Flüssigkeit betaste. Buchstäblich verplempertes Geld. Ich entschuldige mich bei Hana und bei dem medizinischen Personal, bereit zur Flucht.

»Entschuldige, Hana, ich bin sogar unfähig, ordentlich zu wichsen. Ich kann das nicht. Entschuldige, ich kann es nicht.«

47.

»Alles wird gut. Hey. Alles ist in Ordnung.«

Ich umarme meine beste Freundin. Ich umarme sie fest, als würde ich fürchten, dass sie sonst auseinanderfällt. Sie kann nicht aufhören zu weinen.

»Ich kann nicht mehr. Ich kann nicht … Ich kann nicht mehr.«

All das habe ich schon einmal gehört. Das sind die Worte meiner Kindheit. Diese Umarmung ist ein Versuch, jemanden zu retten, wenn ich schon meine Mutter nicht habe retten können. Ich halte sie fest, sie ist wie aus Marmor. Ich wische ihre Tränen fort. Die Haare, die auf ihrer Stirn kleben und um ihre Lippen, streiche ich zurück.

»Sieh mich an. Es wird dir wieder gut gehen.«

»Nein. Das wird es nicht. Ich habe alles kaputtgemacht. Ich habe alles im Leben kaputtgemacht. Und ich weiß nicht … Ich weiß nicht, wie weiter.«

»Doch, das weißt du. Und du kannst es auch.«

Schon wieder umarme ich sie. Ich dachte, dass dieser Zusammenbruch später kommen würde. Aber jeder von uns hat andere Kapazitäten zum Leiden. Meine Mama war imstande, ihr ganzes Leben zu leiden. Meine Freundin Zoja ist schon mit knapp über 30 an die Grenze ihrer Leidensfähigkeit gekommen.

»Du hattest recht. Du hattest recht, und ich habe mich über deine Worte geärgert. Ich wusste, dass du recht hast.«

»Zoja, ich bin so was von daneben. Ich kann leicht klugscheißen, aber ich habe nichts geschafft.«

»Ich habe mich geärgert. Zwei Jahre lang war ich stinksauer auf dich. Aber du hattest recht. Er ist ein unfähiger Idiot. Ich bin nicht dazu gemacht, Mutter zu sein. Ich bin nicht gut. Ich kann das nicht. Ich kann das nicht.«

»Hey. Sag das nicht.«

Zumindest nicht vor dem Kind, aber diesen Teil behalte ich für mich. Der Kleine spielt in unserer Nähe und wirft manchmal traurige Blicke in unsere Richtung. Wir grinsen dann und machen uns gegenseitig vor, dass Kinder sowieso dumm sind und nichts verstehen.

»Niemand sagt dir, wie schwierig das ist. Niemand … Meine Mama hat mir das nicht gesagt. Mein Alter … Mein Scheißalter … Ich sehe erst jetzt, wie das ist. Und erst jetzt begreife ich, in was ich hineingewachsen bin. Alle sagen ständig: Du kannst das … Nicht nur, dass du es kannst, du musst auch alles haben. Familie, Promotion, Karriere und einen charismatischen Ehemann. Aber all das ist für die Katz. Ich habe alles kaputtgemacht.«

Sie ist untröstlich auf die gleiche Art, wie meine Mutter untröstlich war. Erst jetzt kapiere ich, dass es damals noch Hoffnung gab, noch Kraft und Trotz, um etwas zu erreichen. Später hat sie einfach aufgegeben. Und ich konnte ihr nicht mehr helfen.

Der einzige echte Unterschied zwischen meiner Mutter und Zoja ist, dass ihr ein erwachsener Mann zu helfen versucht, kein siebenjähriges Kind.

»Du bist die stärkste Frau, die ich kenne.«

»Ich bin gar nichts. Wenn du entbindest ... Du kommst ins Krankenhaus mit deinem Vor- und deinem Nachnamen. Aber sobald du entbunden hast, beginnen die Krankenschwestern, dich mit Mama anzusprechen: Mama, Mama, Mama, hier ist dein Kind. Du wirst zu einer Mama. Ich ... Ich kann das nicht. Ich kann gar nichts. Ich habe es versucht, und ich habe es nicht geschafft. Was soll ich mit diesem Kind? Dieser Idiot ist nicht imstande, sich um das Kind zu kümmern. Er ist auf die Insel gefahren, um seine Gedanken zu sortieren. Um seine Scheißgedanken zu sortieren ... Ich kann das nicht mehr stemmen. Ich habe keine Kraft mehr.«

Ich küsse sie.

»Bist du jetzt nüchtern?«

Sie nickt bestätigend.

»Hör mir zu. Hör zu, meine Liebe. Ich bin da! Du warst für mich da, als ich dich gebraucht habe. Jetzt werde ich für dich da sein. Und du wirst alles langsam angehen müssen. Schritt für Schritt. Wir werden Martin anrufen, und er soll dich in die Klinik in der Vinogradska Straße aufnehmen.«

Ich kann jetzt eine Stütze sein, ich weiß, was ich sagen soll. Und vielleicht konnte ich nicht für meine biologischen Eltern da sein, als ich ihnen helfen sollte, aber ich kann für meine Wahlfamilie da sein. Als meine Mama starb, organisierte Zoja alles. Die Therapie und die Freunde und das Ausgehen und das Zusammensein und die

Ausflüge und die Sommerurlaube und die Kommunikation mit den Professoren. Sie nahm alles auf sich, während ich in meinen Schuldgefühlen badete. Jetzt kann ich für sie da sein. Ich verstehe jetzt, was das überhaupt bedeutet. Das erste Symptom des Erwachsenseins.

»Zuerst musst du auf Entzug gehen, Zoja. Glaub es mir. Ich habe gesehen, wohin sich das entwickeln kann.«

Sie sieht mich an. Wir haben uns nie darüber unterhalten. Ich tat bisher so, als sähe ich es nicht, und ich habe ihr auch verschwiegen, dass ich das alles schon einmal erlebt habe.

»Ich kann ihn zu mir nehmen, ich werde ihn zu uns mit nach Hause nehmen. Mein Vater wird sich freuen. Und es wird ihm gut gehen. Dir wird es auch gut gehen.«

Ihr Sohn kommt zu uns. Er umarmt ihre Knie und weint mit ihr. Ich streichele sein Haar.

»Alles wird gut sein. Mama ist ein bisschen traurig, aber das wird vorbeigehen. Ich werde ihr helfen. Und du kannst jetzt weiterspielen.«

Ich blicke ihm nach und es kommt mir vor, als sähe ich mich selbst.

»Es wird ihm gut gehen, Zoja. Ich liebe dich. Ich liebe dich. Ich liebe dich.«

»Ich liebe dich auch.«

Und fürs Erste genügt das vielleicht auch.

48.

Mein Vater hat überlebt. Die Werte sind gut. Unglaublich gut. Er ist davongekommen. Wir dürfen das so sagen. Vorsichtig. Aber wir dürfen es dennoch. Die Chancen waren gering. Wirklich gering. Aber die Therapie hat gut bei ihm angeschlagen. Und die Operation noch besser. Wir sind sehr zufrieden. Der Arzt ist ein kleiner Hexer. Er sieht aus, als unterrichte er ein Fach in Hogwarts, als würde er sich gleich in einen Fuchs verwandeln. Wir können aufatmen, Luft holen, entspannen. Vorsichtig, aber es ist eine große Erleichterung. Jetzt sei nur noch Geduld gefragt. Aber der Vater sei ein prima Patient. Er reagiere sehr gut. Er halte sich noch besser. Und es sei so wunderbar gewesen, ihn auf der Station zu haben. Er habe alle bei Laune gehalten. Er habe das Lachen und die Fröhlichkeit hereingebracht. Und er habe sich hier auf der Station sogar als Verführer hervorgetan. Dabei habe er keine leichte Zeit gehabt. Das sagt der Arzt abschließend. Ich nicke. Der Arzt versteht mich. Aber schauen Sie, alles ist in Ordnung. Es scheint so zu sein. Man solle noch ein bisschen aufpassen. Aber aufatmen, einatmen. Seit langem habe er nicht mehr einen solchen Patienten auf seiner Station gehabt. Der Vater habe alles mitgemacht. Und er habe sogar Witze erzählt. Keinen einzigen Tag sei er hier allein gewesen. Für mich sei es sicher nicht leicht gewesen. Der Arzt versteht alles. Ich nicke.

Er ist gut davongekommen. Die Chancen waren gering. Der Arzt hat gesagt, um die 15 Prozent. Vielleicht 20. Wegen seiner ziemlich guten Kondition. Jedoch sollte er noch das Rauchen aufgeben. Doch hier ist er. Sehen Sie ihn nur an. Das sind 20 Prozent Chance, Hoffnung. So beschließt der dichtende Arzt seine Rede. Und lässt mich zu meinem Vater ins Zimmer.

Ich erkenne nur 20 Prozent meines Vaters wieder, genau so viel, wie vom unschönen, aber operablen Krebs überlebt haben. Es sind nur 20 Prozent von ihm übriggeblieben, die Konturen seines Gesichts, die Augenfarbe, die dicken Finger, der Leberfleck am Hals, die angehobene Oberlippe, ein dicker Zehennagel, die Narbe an seinem Kinn. Nur daran kann ich ihn erkennen. Alles andere gehört zu einer anderen Person.

Im Zimmer liegt ein Mann, verkleidet mit der Haut meines Vaters. Neben ihm sitzt seine Freundin Mirela, eine Brünette mit strengen Gesichtszügen. Die beiden lachen. In dem Moment, in dem ich mit meinem Pflegesohn hereinkomme, küssen sie sich. Ich frage mich, ob Zojas Sohn je gesehen hat, wie seine Eltern sich küssen. Ich habe meine Eltern nie dabei gesehen. Auf der anderen Seite des Bettes wird mein Vater vom Sohn seiner neuen Freundin umarmt.

Mein Vater hat sich entschieden, die 20-prozentige Chance für einen Neuanfang zu nutzen. Ich fühle mich wie die Narbe an seinem Bauch. Der Beweis dafür, dass einmal etwas schiefgelaufen ist.

»Mein Sohn!«

Ich kann mich nicht bewegen, obwohl seine Hand ausgestreckt ist, obwohl sich auf seinem Gesicht ein Lächeln ausbreitet, obwohl er die Worte »Komm her!« ausgesprochen hat. Ich stehe nur da.

Mirela steht auf, kommt zu mir, küsst mich auf die Wange, drückt fest meine Hand.

»Alles ist in Ordnung. Nur langsam. Und nur im eigenen Tempo. Verstehst du? Lass uns gehen.«

Das Kind, das mir meinen Vater gestohlen hat, geht singend aus dem Krankenzimmer. An der Tür ruft es noch einmal nach meinem Vater, der ihm mit einer freudigen Grimasse antwortet. Eine Welle der Eifersucht überkommt mich. Und dann eine Welle von Schamgefühlen. Ich habe ihn nicht besucht. Dann die Welle von Wut, da ich hier nicht sein möchte. Ich falle stufenweise zurück in meine Kindheit. Langsam nähere ich mich dem Krankenbett. Mit jedem Schritt nach vorne fühle ich mich um ein Jahr jünger. Das Zimmer dehnt sich auf 14 Jahre.

»Es freut mich, dass es dir gut geht. Das hier ist mein Adoptivsohn.«

»Und der andere Kleine ist mein Stiefsohn.«

Er lächelt. Und er umarmt mich, hält mich fest.

Und hält mich fest. Auf meiner Kopfhaut spüre ich einen Tropfen, dann zwei, dann einen ganzen Bach, eine warme Dusche.

Fuck. In meinem Kopf wiederhole ich das Wort.

Fuck. Fuck. Fuck. Fuck. Fuck. Fuck. Fuck. Fuck. Fuck.
Fuck. Fuck. Fuck. Fuck. Fuck. Fuck. Fuck. Fuck.
Fuck. Fuck. Fuck. Fuck. Fuck. Fuck. Fuck.
Fuck. Fuck. Fuck. Fuck. Fuck. Fuck.
Fuck. Fuck. Fuck. Fuck. Fuck.
Fuck. Fuck. Fuck. Fuck.
Fuck. Fuck. Fuck.
Fuck. Fuck.
Fuck.

Der Mann aus Eis ist geschmolzen.

»Mein Sohn!«

Und dann sagt er es noch einmal: »Mein Sohn!«

49.

Beim Mittagessen sitzen mein Vater und ich, seine neue Freundin Mirela, sein Stief- und mein Pflegesohn zusammen. Mein Vater und Mirela, meine Stiefmutter, hören nicht auf zu erzählen, sie sprechen von Aktivitäten, Anekdoten und Scherzen, die sie verbinden, sie fallen einander ins Wort. Nach einer kleinen Pause kommen die großen Träume an die Reihe, Pläne für die Zukunft, für das Haus und für Reisen. Alle Symptome der Verliebtheit. Mein Vater hat gleichzeitig Vergangenheit und Zukunft gewonnen. Zwei Zeiten, die er mit mir nie entwickelt hat. Jetzt muss nur noch die Therapie durchgestanden werden. Etwas, das mein Vater und ich nur aus dem Fernseher kennen. Besser so. Sie erzählen ihre Gespräche von vor ein oder zwei Tagen nach, darüber, wie er sie überrascht hat, wie er wunderbar mit dem Kleinen spielt, wie er dem Jungen beigebracht hat, endlich mit der Zahl acht zu multiplizieren. Man kann Eifersucht schlecht verbergen. Na gut. Dann erzählen mein kleiner Pflegesohn und ich, was wir so gemacht haben, was wir gesehen haben, wie wir gespielt und gelacht haben und welches Lied wir gelernt und was für eine Geschichte wir gemeinsam geschrieben haben. All das, was mein Vater und ich nie gemeinsam getan haben.

»Wir sind Schlittschuh gelaufen!«, ruft der Stiefsohn meines Vaters.

Das lässt mich zusammenschrecken, sodass ich plötzlich schweige und in der Suppenpfütze auf dem Boden meines Tellers verschwinde. Ich zähle sechs Suppennudeln.

»Gib nicht so an«, warnt ihn Mirela, die an Patienten gewöhnt ist und sie jetzt auch um den Tisch sitzen hat.

»Aber doch, das haben wir gemacht. Er hat mir Schlittschuhfahren beigebracht, und du glaubst nicht, wie schnell wir waren.«

Mein Stiefbruder ruft meinen Vater bei seinem Vornamen. Dieser Mann, jetzt nur noch zwei Drittel seines ursprünglichen Gewichts, diese Last, dieser Eisblock, der Mann aus Glas, diese Handvoll Federn, er hat einen Vornamen, er hat ein Leben jenseits von mir, jenseits der Funktionen Vater, Papa, Alter.

»Du konntest schon früher Schlittschuh laufen, hör doch auf, dich einzuschleimen.« Mirela versucht es noch einmal, dann sagt sie in die Runde zu uns allen: »Seid doch nicht kindisch.«

Mein Vater steht auf und watschelt aus dem Esszimmer.

»Benehmt euch doch nicht wie zwei Fremde. Echt ... Unterhaltet euch ein bisschen miteinander.«

»Misch dich bitte nicht ein.«

»Ich möchte dir das nur sagen. Auch er leidet. Er weiß nicht, wie er sich verhalten soll. Du musst auch gar nicht. Aber, aber ... Nur ein wenig ... So wenig ... Auch weniger, nur dass er es versuchen kann. Nur versuchen. Du musst ihm einen Weg öffnen.«

»Warum sollte das in meiner Verantwortung liegen?«

»Weil du ein erwachsener Mensch bist.«

Mirela steht auf, setzt sich zu Zojas Sohn. Sie versucht ihn zum Essen zu bewegen. Ich bin kein guter Vater. Meine einzige Ambition besteht darin, das Kind zum Lachen zu bringen. Das war auch die Erziehungsmethode meiner Mutter. Mein Stiefbruder schließt sich den beiden an. Er werde ihm sein Spielzeug zeigen, und er habe Klamotten, die ihm nicht mehr passen, und Bilderbücher, die er nicht mehr braucht. Die Szene erinnert an eine Werbung für etwas, wovon Kinder Diabetes bekommen.

Ich setze mich neben meinen Vater, wir starren beide vor uns hin, auf einen Punkt auf dem Fernsehbildschirm, irgendwo auf die Glatze des Moderators Aleksandar Stanković. Unsere beiden Köpfe sind leicht nach rechts geneigt. Die Arme auf die gleiche Art verschränkt. Und wir sind beide dabei, ein wenig zu dissoziieren.

Ich zähle bis drei.

»Papa, es ist sehr schwer, sich mit 30 an etwas zu gewöhnen. Und ich bin nicht schuld daran.«

»Ich weiß.«

»Und deshalb tut es mir leid.«

»Mach, was du willst. Es ist mir scheißegal. Ich werde dich nicht bitten.«

»Du verstehst mich nicht.«

»Ich verstehe alles.«

Ich zähle wieder. Dieses Mal bis zehn.

50.

Hana und ich sehen Miro dabei zu, wie er seinen Sohn mitnimmt, nachdem er mir gesagt hat, dass weder ich noch Zoja normal im Kopf seien, und nachdem er uns praktisch der Kindesentführung beschuldigt hat. Ich winke und versuche, die Tränen zurückzuhalten.

»Aber du möchtest kein Vater werden, oder?«, sagt Hana.

Wir stehen vor Hanas Auto, mit dem wir gefahren sind, da der Kleine eine Zugphobie entwickelt hat.

»Hana …«

»Es ist in Ordnung. Wir müssen uns darüber nicht unterhalten.«

»Doch, das müssen wir. Verzeih mir. Ich habe voreilig zugesagt.«

»Das war nicht voreilig, aber du hast Angst bekommen. Ich wollte, dass du es wirst. Da ich dich mein Leben lang kenne und da ich weiß, dass du ein guter Mensch bist. Und weil du gute Zähne hast. Ich habe etwas gefunden.«

Sie holt ein Blatt Papier aus ihrer Tasche.

»Das ist von dir.«

Ich sehe das Papier und begegne den archäologischen Überresten meiner Pubertät. Das ist das erste Gedicht, das ich jemandem gezeigt habe. Mit diesem Gedicht hatte ich sogar einen kleinen Erfolg beim staatlichen Schulwettbewerb »Lidrano«. Aber dann musste ich es vor der ganzen Schule vorlesen. Das Gedicht ist natürlich völlig naiver, schwuler Kitsch. Als ich zu lesen begann, schrie jemand durch die ganze Aula: »Du Schwuchtel!« Mit Mühe beendete ich das Vorlesen und rannte auf die Toilette, um zu weinen.

»Ich habe das aufbewahrt. Früher warst du so mutig. Die mutigste Person, die ich kannte. Und deshalb warst du mir so wichtig. Mir machte alles Angst. Und damals bewunderte ich dich für deinen Mut. Also das hier mit 16 zu schreiben … Ich habe viel länger gebraucht.«

»Aber dafür geht es dir heute sehr gut«, sage ich und stecke das Gedicht in meine hintere Hosentasche.

Hana schaut mir lächelnd in die Augen.

»Du wusstest mit 16, wer du bist. Und du hast dich nicht geschämt. Du hast das alles allein … Dieses Bild von dir habe ich in mir aufbewahrt. Immer wenn ich es schwer hatte … Als ich mich geoutet habe, als ich es das erste Mal zuließ, mich in eine Frau zu verlieben … Dann dachte ich jedes Mal, wenn du die Schulzeit überlebt hast, dann kann ich … Dann kann ich alles erreichen, was ich nur will. Und so habe ich mir Schritt für Schritt alles erobert … Ich habe alles, worauf ich ein Recht habe und was ich mir für mein Leben wünsche. Aber tief in dir bist du immer noch so wie früher. Und es würde mich freuen, wenn du dir wieder mehr zutrauen würdest.«

»Hast du deshalb aufgehört, dich bei mir zu melden?«

Hana sieht mich an. Sie streichelt mein Gesicht.

»Das Leben spielt sich auch ohne dich ab. Ich habe mich selbst gesucht. Ich musste herausfinden, was für eine Frau ich eigentlich bin.«

»Und hast du dich gefunden?«

»Ich suche immer noch. Ich probiere mich aus. Keine Ahnung. Ich habe mich so lange verstellt, dass ich jetzt bereit bin, alles auszuprobieren.«

»Auch die Mutterschaft?«

Hana zuckt mit den Schultern.

»Mal sehen.«

»Janko ist dafür eine viel bessere Option … Außerdem lebt ihr in der gleichen Stadt und …«

»Wir diskutieren das Thema bereits mit ihm. Aber ich … Ich hatte gehofft, dass du es werden würdest. Die beiden können manchmal stressig sein.«

»Es tut mir leid, Hana. Es tut mir ehrlich leid. Das ist nicht mein Ding.«

Hana und ich schweigen. Wir fassen uns an den Händen und erlauben uns, für einen Augenblick wieder Kinder zu sein. Vor uns erstreckt sich ein gleichgültiger Parkplatz. Und ein ganzes Leben.

»Okay, genug Drama«, sagt Hana plötzlich.

Ich wische die Tränen fort.

»Es wird schon irgendwie werden«, schließt sie.

Zwei erwachsene Menschen setzen sich ins Auto. Wir haben beide etwas hinter uns gelassen. Plötzlich erinnere ich mich daran, dass damals in der Schule mein Vater im Publikum gesessen hat.

51.

Jankos Hochzeit spielt sich eher auf Instagram als im echten Leben ab. Junge Ficker sind da, gescheiterte Graffiti-Künstler, Hip-Hopper, reiche Erben, Drogenabhängige und Ex-Dealer, ehemalige Schwule und ein paar zukünftige Schwule, Frauen, die ihre Intimität nur mit schwulen Männern ausleben können, unverheiratete Frauen, die lieber Fernbeziehungen pflegen, sehr viele Menschen mit Fernbeziehungen, Menschen, die zu alt für die Frisuren sind, die sie tragen, Jungs, deren Tattoos aufgebläht sind, da anstelle von Sixpacks die Körperwülste ihrer Väter zum Vorschein kommen, Neurosen, Beklemmungen, Depressionen und andere kreative Krisen, auch Menschen-Städte sind da, der Berlin-Typ auf Ketamin, die Brüssel-Frau mit Fotomanie, der Madrid-Junge auf PrEP.

Einige tanzen, da das Ecstasy zu früh zu wirken begonnen hat. Einige sitzen und unterhalten sich, überwiegend über ihre Arbeit oder über Projekte, wie wir in unseren Kreisen Arbeit zu nennen pflegen. Wir wundern uns, dass die Wohnungen in Zagreb so teuer sind, obwohl Zagreb so langweilig ist. Wir sind überzeugt, dass wir, gäbe man uns mehr Chancen und mehr Raum, ein bisschen Infrastruktur und hie und da eine Förderung, die Welt verändern könnten, nicht unbedingt die ganze Welt, aber unsere kleine Stadt, unseren Staat. Da das nie passiert ist, da der Raum schmaler und enger geworden ist, haben wir keine große Auswahl an Möglichkeiten. Deshalb beschäftigen wir uns so viel mit uns selbst, mit der Psychotherapie, mit unseren Horoskopen, unserer Ernährung, Workouts, Projekten, unserer Selbständigkeit, Umzügen, Instagram und unseren Ängsten. Wir sind Kinder der Rezession, dazu verurteilt, erwachsen zu werden.

Neuerdings unterhalten wir uns über die Themen unserer Eltern, über den Tod, Krankheiten und die Verrückten in unseren Büros. Wir unterhalten uns über einen Typen, der sich umgebracht hat. Für einige von uns ist das schon der zweite oder dritte Selbstmörder, den wir persönlich kannten.

Hana ist meine Begleitung, da Zoja sich nicht in der Nähe von so viel Alkohol aufhalten kann. Hana und Janko unterhalten sich seit einer Stunde über Kliniken für künstliche Befruchtung in verschiedenen Ländern, sie sprechen von den schrecklichen Geschäften mit ukrainischen Eizellen und indischen Kinderwunschzentren.

Unter all diesen verblühten Hipstern, gescheiterten Versuchen und vertanen jungen Jahren, du. Ich habe dich bereits auf dem Standesamt erblickt. Wir benehmen uns, als würden wir uns schon seit langem kennen. Vielleicht kennen wir uns auch, aber da wir es nicht sofort thematisiert haben, ist es jetzt peinlich, danach zu fragen. Wir beide langweilen uns hier. Du bist aus Split, was ein Minus ist, denn das lässt vermuten, dass du nicht geoutet bist. Überraschenderweise trägst du einen Schnurrbart, was ein Plus ist. Wir treffen uns auf der Toilette. Ich wasche mir die Hände, während du pisst. Ich bin bereits angetrunken genug, dass es mir nicht unangenehm ist, ein Gespräch zu beginnen. Wir tauschen uns darüber aus, wie wir heißen und in welchem Sternzeichen wir geboren sind. Wir spekulieren über die bevorzugte sexuelle Position des anderen. Und wir lassen uns Zeit, zu den weißen, privilegierten Erbinnen zurückzukehren, die gerade zu Hip-Hop herumhüpfen. Ich rede ohne Punkt und Komma, erzähle dir alles Mögliche, am Rande einer Panik, eines Nervenzusammenbruchs.

»Du hörst dich an wie eine Person aus einem Film von Almodóvar«, sagst du.

»Das hat mir noch niemand gesagt.«

»Loco.«

Und dann küsst du mich. Und ich laufe natürlich schnell davon. Komischerweise tanzt niemand zu James Blake. Außer mir. Du gesellst dich dazu.

Wir trinken zwei große Tequilas, und ich drehe durch, beginne zu weinen. Du kannst mir nicht folgen. Ich erzähle dir von meinem Vater, der schwer krank war. Oder noch immer ist, keine Ahnung. Von der Schuld, so viel Schuld, da ich nichts fühle, es tut mir nicht leid, ich fürchte mich nicht, aber es belastet mich, diese Belastung, hier und hier und hier und hier, und ich kann nicht mehr darüber nachdenken, und es reicht mir und ich kann nicht mehr, und ich weiß nicht, wie ich damit umgehen soll, mit diesem Druck, ständig dieser Druck, so viel Druck, dass wir jetzt wirklich reden müssen und all das lösen, ich weiß nur nicht wie, dieser Mann ist ein Fremder, ich kenne ihn nicht, und ich weiß nicht, was ich mit ihm anfangen soll, aber das macht mich fertig, das macht mir alles andere kaputt, denn so, wie ich vor ihm Angst habe, habe ich Angst vor allem anderen, vor den Männern, vor der beschissenen Poesie, vor allem … Und ich weiß, dass das alles miteinander verbunden ist, aber ich weiß nicht, wie ich es auflösen soll.

»Du schreibst Gedichte?«, unterbrichst du mich.

»Bitte?«

»Wie geil. Ich dachte, dass nur noch irgendwelche Opas Gedichte schreiben.«

»Und was für Filme drehst du?«

»Autofiktion. Verrückte Mutter, ich schwul. Was soll ich auch sonst tun?«

Ich nehme einen Kuli, und du schreibst mir deine Nummer auf die Hand. Du unterschreibst: *Autofiktion GmbH*. Du versuchst mich zu küssen, aber ich weiche aus. Eine Welle der Beklommenheit trägt mich aus der Toilette hinaus, über die Tanzfläche, sie nimmt meine ehemaligen Liebhaber, Kollegen und Freunde mit sich fort, unsere Erinnerungen, verkaterten Stunden und narzisstischen Ambitionen. Ich lasse Janko und Hana und ihr künftiges Kind hinter mir. Und natürlich auch dich.

Ich sende die Nachricht: *hey, was machst du?* Ich bekomme die Antwort: *nichts*. Ich frage: *kann ich kommen?* Vanja antwortet: *nur zu*.

52.

Mein Vater hat anlässlich seiner Genesung eine Party organisiert, und außerdem, um seine Verlobung, seinen Umzug und das Leben im Allgemeinen zu feiern. Die Gäste sind überraschend jung. Ein Joint wandert von Hand zu Hand. Der Filter saugt sich mit Spucke voll. Mirela ist nicht so begeistert davon, aber sie lacht trotzdem. Man feiert den Neuanfang, das Leben, sogar die Hoffnung. Sie erlaubt sich ein wenig Pathos. In letzter Zeit lacht sie viel mehr als früher. Ihr Sohn sagt ihr, sie sei schön, wenn sie lacht. Er ist wohl nicht gewohnt, sie lächeln zu sehen. Das, was ich immer noch nicht glauben kann, ist die Tatsache, dass es mein Vater ist, der sie zum Lachen bringt. Mein langweiliger, kalter, distanzierter Vater. Mein Vater, der sich über nichts anderes unterhalten kann als über die Politiker, die aktuell regieren oder die früher regiert haben, und der jeden Satz mit einem Fluch beendet. Mein Vater, der nach Mamas Tod unverpackte Geschenke unter den Weihnachtsbaum legte, so es überhaupt einen Baum gab, und der dann einfach ging. Jetzt höre ich, dass er sehr aufmerksam sei. Wenige Dinge können uns so frustrieren wie der Neuanfang von jemand anderem.

Das Zimmer ist voller Männer in meinem Alter. Ich glaube, sie sind hetero, obwohl die Statistik etwas anderes behauptet. Sie sind um meinen Vater versammelt, der ihnen etwas erzählt. Sie sind die auserwählten Söhne meines biologischen Vaters. Das sind junge Männer, mit denen er zusammengearbeitet hat, Jungs, die er zu ihren Dates gefahren hat, zu Nutten oder zu ihren Dealern, als sie ihm ins Auto kotzten, wischte er es weg, er gab ihnen Liebesratschläge und brachte ihnen bei, wie man das Leben leben soll. So ist es auch jetzt. Jeder von ihnen erzählt ihm, was er in den letzten Monaten erlebt hat. Einer hat geheiratet, aber die Beziehung mit seiner Geliebten nicht beendet. Ein Zweiter will gar nicht heiraten. Ein Dritter hat das Kiffen aufgegeben, aber jetzt wird er einmal einen Zug nehmen, meinem Vater zu Ehren. Ein Weiterer erklärt, dass seine Mutter gestorben sei und dass er am Tag ihrer Beerdigung eine anständige Summe im Lotto gewonnen habe. Mein Vater sagt ihm, dass die Toten Geschenke bringen. Ich bin mir ziemlich sicher, dass ich diesen Spruch schon mal in der Talkshow von Oprah Winfrey gehört habe. Mein Vater sieht mich an. Ich lehne am Türrahmen. Wir beide verstehen, dass ich nicht dazugehöre.

»Das ist mein Sohn. Er hat bei einem Poesiewettbewerb gewonnen. Und jetzt wird ein echtes Buch von ihm veröffentlicht … Ein Gedichtband …«

Eine Gruppe von Männern, die mich in der Schule vermutlich physisch misshandelt hätten, klatscht und skandiert meinen Namen. Ich erhebe mein Glas.

»Auf meinen Papa!«

Alle trinken. Die beiden neben ihm umarmen und küssen ihn. Der Name meines Vaters rauscht durch die leere Wohnung, schlägt gegen die Wände, fällt durch das Fenster auf den Balkon des verrückten Nachbarn im zweiten Stock.

Der Turbofolk wird lauter gedreht. Hie und da wird ein T-Shirt ausgezogen. Die gut definierten Körper junger Bauarbeiter kommen zum Vorschein. Mein Vater und seine auserwählten Söhne, ich registriere die Zusammengehörigkeit.

Ich lache.

Ein Typ mit aufgepumpten Muskeln, mit einem Tattoo, einem glagolitischen Schriftzug, kommt zu mir.

»Du Glückspilz«, sagt Miran.

»Bitte?«

Es fällt mir schwer, nicht seinen Körper anzustarren, deshalb betrachte ich die Szene hinter ihm, die man mit dem Begriff ›toxische Männlichkeit‹ zusammenfassen könnte.

»Du Glückspilz«, wiederholt er.

Ich zucke mit den Schultern.

»So ein fucking Glücksfall. Ihn als Vater zu haben. Du hast fucking viel Glück gehabt, Meister. Wenn jemand auf mich so stolz wäre, dann wäre ich der glücklichste Mensch auf der Welt. Mein Alter gibt mir höchstens einen Arschtritt. Du hast echt keine Ahnung, wie viel fucking Glück du hast. Wie sehr er dich liebt … Aber was soll's, er liebt uns mehr als je einer von uns von seinem Alten geliebt wurde. Kapierst du, was ich sagen will? Du bist echt ein fucking Glückspilz, Kumpel. Ich weiß nicht, was mit mir passiert wäre, hätte er mich nicht zur Besinnung gebracht. Vermutlich wäre ich in der Gosse gelandet. Was weiß ich. Wenn es ihn nicht gegeben hätte, dann würde ich so einen wie dich umbringen wollen. Oder ich würde irgendeinen anderen Mist bauen. Er hat mir gezeigt, dass es etwas Besseres gibt. Irgendein Scheiß, der für mich doch besser ist. Während er im Krankenhaus lag, bin ich jeden fucking Tag in die Kirche gegangen. Um zu beten. Ob mein Alter krepiert oder nicht, das geht mir voll am Arsch vorbei. Aber für deinen würde ich sterben.«

Ich verschweige, dass mein Vater Atheist ist. Ich lächle.

»Du fucking Glückspilz.«

Er geht. Verschwindet im Gemenge aus Bizepsen, Trizepsen, Sixpacks, rasierten Schädeln und der samtenen Stimme der serbischen Sängerin Dara Bubamara.

Mein Vater und ich sehen uns an. Wir sind nicht schuld daran, dass das Schicksal uns falsch verbunden hat. Mein Vater ist ein guter Mensch und ein guter Vater. Aber man hat keine gute Wahl getroffen, als man uns verband. Und ich kann ihm nichts mehr vorwerfen. Mir auch nicht. Es ist so passiert. Doch wir können leben. Ich schließe das Fenster. Ich erhebe das Glas. Er auch. Mit den Lippen forme ich ein *Prost*. Ich zwinkere ihm zu. Mein biologischer Vater mit seinen auserwählten Söhnen und seiner neuen Wahlfamilie, ein neuer Anfang, nach seinen eigenen Bedingungen, ohne Kompromisse.

Dara Bubamara singt: »Ich möchte nicht nach Hause gehen.« Ironischerweise passt das sehr gut.

53.

Das Handyklingeln durchschneidet meine Katerstimmung. In diesem Zimmer sind zu viele junge Männer und zu wenige geöffnete Fenster. Die Luft ist süßlich, sie riecht nach Schweiß und verdunstetem Jägermeister. Mein Handy hört nicht auf zu klingeln. Eine nasale Stimme spricht kalt meinen Namen aus.

»Er ist gestorben.«

»Wer ist gestorben?«

»Goran.«

»Wann?«

»Gestern Abend. Kannst du kommen?«

»Wie ist er gestorben?«

Ich höre meinen Namen, ich höre auch »Du Idiot!« als Subtext. Und dann höre ich, wie das Telefon aufgelegt wird. Und ich höre einen Abgrund, es kommt mir vor, als wäre ein Teil der Wand aufgebrochen. Ich setze mich auf den Bettrand. Um mich herum einige muskulöse Glieder und morgendliche Erektionen. Ich weiß nicht, ob wegen der Katerstimmung oder wegen der schlechten Nachricht, aber ich fühle mich, als wäre ich nicht im eigenen Körper, ich muss etwas Süßes essen. Ich fühle mich, als wäre ich von einer langen Reise zurückgekehrt. Ich bin schläfrig, aber vollständig wach.

Und was nun? Ich betrachte meine Füße. Ich sollte die

Nägel schneiden. Sie sind eindeutig zu lang. Ich bin nicht sicher, was ich tun soll. Ich hatte mich auf den Tod eines anderen Mannes vorbereitet. Mit dem ich ein ganzes Theaterstück einstudiert habe. Für den Fall seines Abgangs, damit ich mich nicht schuldig fühle.

Aber der Tod lässt anschreiben. Und begleicht nie seine Schulden. Die letzten Worte zwischen mir und Goran waren »Fick dich!«. Das Letzte, was ich von ihm gehört habe, war ein beleidigtes, überhebliches Lachen.

Fick dich! Das waren die letzten Worte, mit denen ich ihn bedacht habe.

Fick dich! Und danach wird nur Stille zurückbleiben.

Fick dich! Nach allem, nach jedem Gedicht, das er mit mir besprochen hat, nach jedem Mittagessen.

Nach allem – fick dich!

Ich schleiche mich aus der Wohnung. Mein Vater steht auf dem Balkon.

»Wo willst du hin?«

»Ich muss los. Nach Zagreb.«

»Das kann nicht wahr sein! Heute packen wir die Umzugskisten.«

»Ich muss los.«

»Es geht mir am Arsch vorbei. Mach, was du willst.«

Der Tod hat uns umschifft. Und jetzt kann zwischen uns alles wieder wie früher sein. Mein Vater starrt weiterhin in die Ferne. Wenn er dürfte, würde er rauchen.

Ich gehe die Treppe hinunter, laufe hinaus auf die Straße, mein Vater folgt mir mit seinen Blicken. Das ist seine Erinnerung. Der Frühling hat diese ansonsten so deprimierende Stadt erhellt. Ich laufe über die Brücke. Nicht einmal die Krähen wirken so schrecklich und boshaft wie sonst. Der Fluss treibt ruhig dahin. Es ist still. Ich verlangsame die Schritte. Ich bleibe stehen. Ich atme aus. Und beginne zu weinen. Und höre nicht auf. Die Tränen kullern die Wangen herab, den Hals, gleiten unter mein T-Shirt, in die Mundwinkel, in den Fluss.

Die Trauer bricht sich Bahn.

Ein Auto hupt.

»Papa?«

»Steig ein, ich fahre dich hin.«

»Papa …«

»Komm jetzt, ich kann nicht hier auf der Brücke stehen bleiben.«

Die Tür schlägt zu. Ich frage mich, ob mich irgendjemand mal so in Tränen aufgelöst gesehen hat.

»Es wird alles gut werden.«

Ich höre diesen Satz nach 15 Jahren des Wartens. Wir verlassen die Stadt.

54.

Die Trauerfeier für Goran ist die größte Ode an sein Leben. In der Wohnung befinden sich ungefähr zehn junge, dunkelhaarige Männer verschiedener Größe. Wir sehen aus, als wären wir eine pornographische Version der Agenten aus der *Matrix*. Gorans Söhne. Wir alle haben hier mit dem Verstorbenen gevögelt. Einige von uns sind davon überzeugt, seine Freunde gewesen zu sein. Antun wurde unerwartet zu einer reichen Witwe. Ich spüre, dass das einigen so gar nicht gefällt.

»Wir werden nicht weinen, weil der Dicke von uns gegangen ist«, sagt der Witwer. Ein anderer verbindet bereits die Lautsprecher mit seinem Laptop.

»Lass Alka hören!«, schreit der Kleine.

Bei der ersten Zeile des Refrains von *Seit du nicht mehr da bist* verwandeln wir uns in einen Krähenschwarm und fliegen durch das Zimmer, wir kreischen und strecken unsere Flügel zum Himmel. Einige von uns fallen auf den Boden, einige auf die Sofas, andere halten inne. Die, die es können, twerken. Andere zeigen, was sie haben und was sie können, sie beteiligen sich mit ihren Stimmen, mit ihren Armen, mit ihren Hüften, wälzen sich auf dem Boden herum, über den Tisch.

»Seit du nicht mehr da bist.«

»Seit heute früh!«, schreit Antun und gießt uns noch mehr Schnaps ein. »Auf den Dicken!«

Der Mensch stirbt tatsächlich, wie er gelebt hat. Goran starb, so erzählt man es mir, sitzend auf dem zu großen Penis dieses zu kleinen Twinks. Die Gläser werden gehoben. Der Schnaps klebt auf dem Boden. Es ist warm, auf den Wangen, im Hals, um das Herz.

Einige von uns ziehen die T-Shirts aus und tanzen weiter. Einige setzen sich hin. Der Kleine weint, nicht nur er. Der YouTube-Algorithmus hat die poetische Kraft der kroatischen Sängerin Alka Vuica erkannt. Wir haben extra dafür bezahlt, dass die Musik nicht durch Werbung unterbrochen wird.

Wir sind Söhne nicht verbrannter Hexen. Wir brüllen vor Lachen. Wir wetteifern, wer einen noch fieseren Scherz über den Verstorbenen loslassen wird, wer ihn schlimmer verbrennen wird, wir drehen ihn am Spieß des düstersten Humors. Damit befreit sich das Lachen. Damit verabschieden wir uns von dem Dicken, von Goran, Gogi, Goc, Papi, Daddy, Idiot, je nachdem, wie ihn jeder von uns genannt hat.

Mit jedem neuen Schnaps wird die große Wohnung kleiner, sogar Alka ist mit der Zeit leise geworden. Und Antun bricht zusammen.

»Er ist fort. Er hat mir alles hinterlassen. Alles. Alles. Ein Anwalt ist mit dem Testament gekommen, alles gehört mir, alles! Und ich muss keine Steuern zahlen, überhaupt keine. Hoch lebe die Schwulenehe!«

Wir kreischen: »Sie lebe hoch!«

Der Krähenschwarm umschwirrt ihn. Und wir fangen an, ihn mit dem zu beschenken, was jeder von uns geben kann: Die Telefonnummer der führenden serbischen Astrologin, ein Gramm Kokain, eine kostenlose Psychotherapie, einen Preisnachlass bei Zara, eine Leberfleck-Untersuchung, eine Massage, eine Unterkunft in Berlin oder auf der Insel Vis, Tickets für das Zagreber Jugendtheater, was auch immer er von einem Architekten braucht …

Als ich an der Reihe bin, bitte ich ihn, meinen Gedichtband zu lektorieren. Das ist ziemlich *lame*, ich weiß.

»Aber das Buch gibt es doch schon in den Buchhandlungen.«

»Und die Buchpremiere?«

»Welche Buchpremiere … Für eine kleine No-Name-Schwuchtel? Hast du sie noch alle? Das machen sie beim nächsten Mal. Wenn es überhaupt ein nächstes Mal gibt.«

»Und das Honorar?«

»Hey, es geht hier um Fraktura! Das dürfte wohl ausreichend sein.«

Und da, wo mein verletztes Ego sein sollte, ein Lachen.

»Das ist mein Plan, die Arschgeigen sollen was erleben!«, Antun steigt mit einer Schnapsflasche in der Hand auf den Tisch. »Das ist mein Plan. Wir werden diese Wohnungen einnehmen. In jede der Wohnungen ein, zwei, fünf Schwule. In Gornji Grad, in Šestine, überall im Zentrum. So machen wir es. Das, was vom Dicken geblieben ist, werden wir nutzen. Wir, seine wahre Familie. Nicht sie. Sondern wir. Das, was von ihm bleibt, gehört uns. Mit uns konnte er der sein, der er sein wollte. Vor diesen Klugscheißern musste er sich verstecken. Ihretwegen hasste er sich selbst so sehr. Und deswegen hat er so viel gegessen, immer mehr gegessen. Ihretwegen hat er sich gemästet. Seine wahre Familie wird ihn beerben. Ihr seid bis zu eurem Tod abgesichert.«

Unsere Oberin trinkt einen großzügigen Schluck vom sagenhaften Kräuterschnaps aus einem istrischen Dorf. Und danach nimmt einer nach dem anderen, jeder der Söhne, der Erben, einen Schluck zum Zeichen der Initiation.

Die Zunge, die Kehle, die Speiseröhre, die Lunge und der Magen brennen.

»Fick dich, Goran! Fick dich!«

55.

Meine alte Matratze liegt mitten in dem leeren Zimmer. Einst war hier das Atelier unseres erfolgreichen Malers, nun ist es das Zimmer zum Weinen und zum Auskurieren des Katers, den ich vor Zoja zu verbergen versuche. Sie, Janko und ich liegen da. Wir schauen die Zimmerdecke an, als läsen wir aus dem Kaffeesatz.

Es ist nicht alles so geworden, wie wir es uns erhofften, als wir uns vor zehn Jahren im Flur der Philosophischen Fakultät kennenlernten, nachdem Zoja gesagt hatte: »Auf geht's, ihr Schwulen!« Es ist nicht so geworden, wie wir es uns mit betrunkenen Köpfen hartnäckig gegenseitig prophezeit haben, wobei wir unsere Gespräche genauso hartnäckig mit den Worten »Ich liebe dich« und »Ich liebe dich auch« beendeten. Der Kleine ist bei seinem Vater. Es war keine gute Idee, ihn bei mir zu lassen, ihn in eine andere Stadt zu bringen und dann noch mit meinem postoperativen Vater zu belasten. Wir haben darüber nicht nachgedacht.

»Ich habe alles kaputtgemacht«, wiederholt Zoja. Obwohl sie weiß, dass wir nicht »Nein, hast du nicht!« sagen können. Sie hat alles kaputtgemacht.

»Ich hasse London. Ich verachte die Stadt. Mir geht es schlecht dort. Ich möchte dort keinen einzigen weiteren Scheißtag verbringen. Ich bin zu meinen eigenen Eltern geworden.«

»Wer ist das nicht?«, frage ich.

»Wir werden uns ein Kind machen.«

»Tu das nicht«, sagt Zoja und beginnt zu weinen.

»Ihr habt euch wenigstens was getraut.«

»Glaubst du wirklich, dass das, was wir haben, Liebe ist?«

»Zoja«, Janko warnt sie, »ich habe gestern dieses Papier unterschrieben.«

»Liebst du ihn?«, frage ich.

»Wir haben ein schönes Leben. Es geht uns gut.«

»Das hat er dich nicht gefragt.«

Schweigen.

»Ich habe das Gefühl, dass ich meinen Vater nicht so liebe, wie ich sollte. Ich mag ihn, aber ich liebe ihn nicht. Und ich fühle mich schuldig deshalb. Wäre er gestorben, und nicht Goran, würde ich nicht so viel weinen. Und ich fühle mich schuldig, obwohl ich weiß, dass ich es nicht sollte. Und ich habe Angst, ich fürchte mich … Ich fürchte, dass ich nie jemanden lieben werde, wenn ich schon ihn nicht lieben kann.«

»Vielleicht hat auch er dich nicht geliebt«, sagt Zoja, »und vielleicht ist das nur fair. Ich habe ziemlichen Blödsinn veranstaltet, weil ich die gleiche abnormale Fürsorge und Liebe gesucht habe, wie mein Vater sie mir gegeben hat.«

»Ich bin mein Vater«, sagt Janko. »Wir sind gleich.«

»Mütter machen dir deine Psyche kaputt, aber Väter können dir das Leben kaputthauen«, sagt Zoja.

»Kluges Mädchen.«

Lachen, vorsichtig, verschämt.

»Seit ich nicht mehr trinke, bin ich so klug wie das *Jana*-Mineralwasser in diesen Flaschen mit den Sprüchen.«

»Immer werden die kaputtesten Menschen zu Gurus«, sage ich.

»Karmen, hey, Karmen beschäftigt sich neuerdings mit Theta Healing. Als ich sie zuletzt sah, köchelte sie zu Hause ihr Ketamin. Und jetzt erklärt sie mir, wie ich mich mit dem Universum verbinden soll.«

»Und wie geht das?«, fragt Janko.

»Ich habe ihr gesagt, sie soll sich ins Knie ficken. Ich lass mir von einer Drogenabhängigen nicht vorwerfen, ich sei Alkoholikerin.«

Noch ein bisschen lachen, eine kleine Rettung.

»Das dürfen nur wir dir sagen.«

»Du bist ein beschissener Spießer«, sage ich zu Janko. »Und dein Mann ist so langweilig wie drei Schwänze zusammen.«

»Du bist ein Psychopath.«

»Ausgerechnet du sagst mir, ich sei ein Psychopath. Du willst dir ein Kind aus der Ukraine kaufen.«

»Du bist die Richtige, um mir etwas über Mutterschaft zu erzählen! Die einzige Rettung für dein Kind war das Jugendamt.«

»Ich hoffe nur, dass sie den Brexit bald durchziehen und dass dein Kind irgendwo im Zoll stecken bleibt.«

Und mit jedem weiteren Scherz lauteres Lachen, beinahe Kreischen. Wir sind frei. Wir haben einen weiteren Tag überstanden.

Janko holt meinen Gedichtband aus der Tasche.

»Wie kommt es, dass wir uns noch gar nicht mit diesem Juwel beschäftigt haben?«

Jede Aussage kann man in eine Komödie verwandeln. Wir haben zwar alles kaputtgemacht, aber wer sagt, dass wir nicht einen Neustart wagen können? Janko liest laut ein Gedicht vor, Zoja umarmt mich, Janko legt sich auf meinen Bauch. Unsere Körper schütteln sich. Jeder Lachanfall ein kleiner Tod.

Und für einen kurzen Augenblick das Gefühl von Sorglosigkeit, von warmer Liebe. Die Sonne dringt durch das offene Fenster. Für einen kurzen Augenblick wirken wir wie auf einem Foto von Bruna Kazinoti.

56.

Mein Vater und ich richten meine kleine Wohnung ein, die sich in einem prätentiösen Wohngebäude befindet. Das war eine von Gorans Kostbarkeiten, für die er mir in seinem Testament das Wohnrecht zugesprochen hat. Vermutlich um meinen provinziellen Hochmut zu befriedigen. Wir bauen das große Ehebett zusammen. Mein Vater hat darauf bestanden, es zu kaufen. Erwachsene Menschen müssen ein großes Bett haben, sagt er. Er brüllte im Geschäft herum: »Verdammt und zugenäht, du bist kein Kind. Du musst doch ein anständiges Bett haben. Was, wenn jemand zu dir kommt, sag mal. Was, wenn du mit jemandem zusammenziehen möchtest, verflixt. Erwachsene Menschen müssen ein großes Bett haben, damit sie es bequem haben, damit sie ficken können, damit es genug Platz gibt.« Er ordnet an, was ich tun soll, und ich führe es aus.

»Es wird dir gut gehen hier«, sagt er.

Pause. Sie könnte eine Weile andauern, denn er ist aus der Puste. Er verschwindet im Flur und kommt mit meinem Gedichtband zurück. Lächelt.

»Ich bin so stolz auf dich. Ich habe in unserer Buchhandlung nachgefragt. Und der Mann, der dort arbeitet, sagte mir, dass der Verkauf gut läuft. Das ist ein großes Ding, echt. Kapierst du?«

Ich zucke mit den Schultern.

»Ach was, das ist bloß deine Angst. Scheiß auf deine Angst.«

Ich nehme das Büchlein in die Hand.

»Wir alle hatten Angst. Weißt du das? Er hat sich sicher gefragt, was zum Henker die Schlucht an der Sutjeska ist. Und wo zum Geier er da gelandet ist. Weißt du das? Er hat sich umgeschaut und gefragt, wo bin ich überhaupt, und warum eigentlich? Warum soll ich krepieren? Und vielleicht ist er ausgerechnet in diesem Augenblick getroffen worden. Das habe ich mal geträumt, als ich klein war. Und er ist dort verblutet, nur eine Leiche von Hunderten, ohne Namen und ohne Grab, Kanonenfutter. Und er hatte Angst. Während er im Sterben lag, muss er sich gefragt haben, warum zum Teufel hat er überhaupt gelebt … Um namenloses Kanonenfutter zu werden. Er hinterließ einen Sohn, deinen Großvater. Wer hat ihn je etwas gefragt? An einem einzigen Tag hat er alles verloren, und schon am nächsten Tag war er der Sohn eines Kriegshelden. Und du darfst nie etwas fragen, weil dein Vater ein Held ist. Aber vielleicht war er ein Arschloch, vielleicht war es besser, dass ihn die Kugel oder die Granate getroffen hat. Vielleicht war es gut, dass er bei der Verteidigung gegen die Faschisten gefallen ist. Aber er durfte nichts fragen. Der Sohn eines Helden. Niemand fragte ihn, was er gerne mit seinem Leben hätte anfangen wollen, wie er sich fühlte. Das System der Helden kümmerte sich um den Sohn eines Helden. Er war jemand, der gerne Spaß hatte. Und deshalb sage ich dir immer, dass du Spaß haben sollst. Er hatte Spaß. Er nahm nichts allzu ernst, vor allem mich nicht. Aber ich weiß, dass er nur Angst hatte. Die Angst hat ihn zerfressen. Woher zum Teufel sollte er wissen, was er mit seinen Söhnen anfangen soll? Deswegen hat er nur Späße gemacht. Und er wiederholte ständig, dass wir Spaß haben müssten. Er wusste das. Er wusste, dass die Welt plötzlich furchtbar ernst werden konnte. Das wusste er. Und die Welt wurde gefährlich – ausgerechnet davor hatte er am meisten Angst. Plötzlich war es nicht mehr erlaubt zu scherzen. Und er bekam es mit der Angst zu tun. Und deshalb fing er an, noch mehr zu trinken, weißt du. Da er begriffen hatte, dass die Zeit der Späße vorbei war. Da es im Dorf Menschen gab, die sich bewaffnet hatten und ihm zu drohen begannen. Und er … Er verabschiedete sich in die Frührente und ging mit seiner Frau ins Dorf, wo man Schnaps trinken und sich mit seinem Cousin unterhalten konnte. Nicht mehr als das. Zuvor hatte er ein schönes Leben gehabt. Er war viel gereist. Die Menschen, die in Machtpositionen saßen, widerten ihn an, er hatte ihnen zeit seines Lebens dienen müssen. Er hat Heucheleien ohne Ende erlebt. Mir gegenüber wiederholte er häufig, dass die Menschen scheiße sind und dass die Macht sie noch mehr verdirbt. Aber als er sich endlich zur verdienten Ruhe setzen wollte, bekam er es mit der Angst zu tun. Und sie gingen weg. Sie sagten es mir nicht einmal. Er hat sich das nicht getraut. Er ging einfach weg und sagte mir, dass es so sein muss. Er sagte mir nicht, dass er Angst hatte, dass er sich wirklich fürchtete. Das hat er mir verschwiegen. Das hat er mir hinterlassen …. Und er starb, bevor er seine Angst zugegeben hatte. Das weiß ich. Wir werden zu dem, was unsere Väter aus Schamgefühl nicht zugeben können. Deshalb will ich dir gegenüber jetzt alles zugeben. Auch ich hatte Angst. Als sie fort waren, wurde ich zu einem Serben. Ihre Flucht war der Beweis, dass ich ein Serbe bin. Aber was wusste ich darüber? Wie kann man das feststellen? Solche Dinge stellen andere fest. Der Hass wird von demjenigen bestimmt, der hasst. Und so verwandelte sich mein Leben in Angst. Angst, dass mir etwas passieren wird, Angst, dass Mama oder dir etwas passieren wird. Im Krieg gibt es keinen Sinn für Humor. Jeder Scherz ist eine Drohung. Und die Menschen drohen einem, als scherzten sie, so ganz nebenbei. Mein Leben verlor seinen Wert. Und ich glaubte selbst daran. Es war nur notwendig, dass man das lange genug glaubt, und ich musste schweigen. Aber ich lebe immer noch. Manchmal fange ich an zu grübeln, die Gedanken schweifen ab, ich verschwinde. So bin ich auch aus deinem Leben verschwunden. Und ich wünsche mir nur, dass du weißt, das geschah nicht aus mangelnder Liebe, sondern aus Angst, und je älter ich bin, desto mehr glaube ich, dass es auf dasselbe hinausläuft. Ich habe es geschafft, so viel Kraft zu sammeln, um die Wohnung für uns zu retten und einer Arbeit nachzugehen. Und ich habe mir geschworen, dass ich mich um dich kümmern werde, damit du alles hast und ich dein Leben nicht kaputtmache. Und du bist … Du bist anders gewesen. Und ich hatte so viel Angst, dass ich dir schade, dass ich ein falscher Vater für dich bin. So habe ich empfunden. Dass ich der falsche Vater für dich bin und dass ich dir nicht helfen kann, außer vielleicht materiell, deshalb wiederhole ich immer, dass ich für dich da bin und dass ich auf dich stolz bin. Ich habe wirklich geglaubt, dass das genügt, weil mir genau das gefehlt hat. Ich war von meinem Alten genervt, weil er mir das nie gesagt hat, egal, was ich geleistet habe. Und ich habe dich bei ihr gelassen, weil ich dachte, dass ihr beide euch ähnlich seid und dass es für euch besser sein wird, wenn ich weg bin. Sie war auch anders. Der Krieg macht alles kaputt. Der Krieg hat auch sie kaputtgemacht. Der Krieg macht vor allem fantasievolle, empfindsame Menschen kaputt. So ist es auf der ganzen Welt. Und als das geschehen war … Ich konnte damit nicht umgehen. Mit ihrer Trinksucht. Und ich habe ihr erlaubt zu fahren. Ich habe ihr nie die Schlüssel weggenommen. Aber ich hätte es tun sollen. Doch wollte ich nicht darüber sprechen. Ich weiß, dass ich schuldig bin. Ich fürchtete mich vor ihrer Depression, weil ich mich mit meiner eigenen hätte beschäftigen müssen. Ich bin jetzt in Psychotherapie, und dort habe ich das erfahren. Und mir tut es leid. Mir tut es so sehr leid. Ich habe zugesehen, wie du groß wirst, auch in einer eigenen Welt. Und ich habe wirklich geglaubt, dass aus dir etwas werden kann und dass ich mich deshalb nicht viel einmischen sollte, damit ich dich nicht kaputtmache, damit du nicht so ein Idiot wirst wie ich, damit du die Schule beendest und das wirst, was du dir wünschst. Ich wusste immer, dass du anders bist, aber das hat mich nie gestört. Ich wusste, dass du ein kleiner Schwuler bist, seit du fünf warst. Und ich hatte Angst davor. Nicht deinetwegen, sondern wegen der beschissenen Umgebung, wegen dieser beschissenen Gesellschaft, die das nicht erlaubt ... Und dann habe ich es gesehen. Als du in der Schule vorgelesen hast, rief jemand dir zu, du seist eine Schwuchtel. Und ich erstarrte. Ich stand da und dachte, verdammte Scheiße, muss sich alles wiederholen? Ich weiß auch, dass du gesoffen hast, so wie mein Alter auch. Und dann gehst du durch die Stadt, und die Leute sagen hinter deinem Rücken, dass du eine Schwuchtel bist, so wie sie hinter meinem Rücken gesagt haben, da kommt der Serbe. Ich wusste, dass du dich fürchtest, wenn du unterwegs bist. Aber dann war es schon zu spät. Bitte verzeih mir. Ich hätte mich mit dir darüber unterhalten müssen. Ich habe mich wie ein Weichei benommen, weil ich damit nicht zurechtgekommen bin. Und dann ist genau das passiert, was du zu vermeiden versucht hast. Du bist genauso kaputt wie ich. Das war das Einzige, was ich mir für dich nicht gewünscht habe. Verzeih mir. Du bist genauso ein Hosenscheißer, der Angst vor der Welt hat, wie ich, du schaust auch nur, wohin du dich flüchten kannst. Du hattest Angst vor dir selbst, vor der Liebe, vor deinen Talenten. Ich beherrsche drei Fremdsprachen, aber ich schäme mich zu sprechen. Und als all das geschah, dieser Krebs und alles das, verstand ich, dass ich keine Zeit mehr habe, ganz gleich, ob ich überlebe oder sterbe. Ich habe keine Zeit mehr. Dieses Buch ... Du verstehst nicht, was das bedeutet. Mit dir wird der Teufelskreis durchbrochen. Du bist der Erste von uns, der hinter seinem Vornamen und seinem Familiennamen steht und sagt, das hier bin ich, ihr Arschlöcher, das bin ich. Das ist, was ich denke. Das ist, was ich fühle. Auf diese Art liebe ich und so verliebe ich mich. Das ist eine großartige Sache. Denn dann können sie dir nichts mehr antun, sie können nicht für dich entscheiden, was du bist und wie viel Hass du schlucken musst. Das können sie nicht. Und du hast auch nicht mehr so viel Angst … Das wollte ich dir sagen. Weil du das Recht hast, es zu wissen. Ich liebe dich.«

Auf die erste Seite im Buch schreibe ich das heutige Datum und dann: *Für all unsere Versuche. Es liebt dich dein Sohn.*

»Mensch, das ist alles wie ein Roman.«

»Papa, das sind kaum anderthalb Seiten.«

»Besser so, verdammt noch mal. Mehr verdient es auch nicht. Die Väter machen ihre Söhne kaputt. Sie lügen sie an, sie lügen sie immer an, und diese nehmen dann Gewehre in die Hand und stürzen sich in den Krieg. Oder in einen anderen Tod. Nur deshalb, weil die Alten sie angelogen haben.«

»Der schwule Poet wird nicht in den Krieg ziehen.«

»Anderthalb Seiten sind ausreichend für jeden Tod.«

Pause.

»Und ich hoffe, dass du ab jetzt Typen in deinem Alter ficken wirst.«

Ein kleiner Spalt, um Humor durchzulassen. Wir legen die Matratze auf das Bett. Und legen uns hin.

»Siehst du, hier könntest du auch zwei Männer haben.«

»Ich bin schon glücklich, wenn ich auch nur einen überreden kann.«

»Auf dich wartet noch viel Liebe im Leben.«

»Wann beginnt deine Chemotherapie?«

»Morgen.«

57.

»Dieser Kaffee geht auf mich«, sagst du.

»Bitte?«

»Erkennst du mich nicht wieder?«

»Du kommst mir bekannt vor.«

»Autofiktion GmbH.«

»Aaaaaa. Und wo ist dein Schnauzer?«

»Ich habe gerade eine Trennung hinter mir. Ich wollte was verändern.«

»Ich mochte ihn.«

»Du hast dich nie gemeldet.«

»Ja, Scheiße.«

»Egal. Manchmal ist es so.«

»Scheiße. Es tut mir leid. Wir haben uns im falschen Augenblick kennengelernt.«

»Geht es dir jetzt besser?«

»Meinem Alten ging es schlecht. Und es ist jemand gestorben. Und ich war ohne Arbeit … Und ohne Wohnung.«

»Ich frage dich, ob es dir jetzt besser geht?«

»Ja. Jetzt scheint alles in Ordnung zu sein. Mein Alter reagiert gut auf die Therapie. Es gibt Hoffnung. Die Toten kann ich nicht zurückholen. Aber ich habe eine Arbeit … Es läuft gut. Es ist okay.«

»Was machst du jetzt?«

»Ich bin wieder im Hotel, halbtags. Und ich unterrichte an einer privaten Uni ...«

»Was unterrichtest du, sag mal?«

»Ich bringe den Snobs bei, wie man Gedichte schreibt.«

»Ich liebe den Kapitalismus.«

»Möchtest du dich zu mir setzen?«

»Das sollte ich nicht.«

»Und wie geht es dir?«

»Mir geht es gut.«

»Was machst du?«

»Ja, das hier. Und außerdem bin ich beim Kinderprogramm im Fernsehen.«

»Setz dich für fünf Minuten zu mir. Je teurer ein Kaffee ist, desto länger wartet man darauf.«

»Du hast mich wirklich nicht erkannt?«

»Nein.«

»Aber warum hast du dich dann damals so lange mit mir unterhalten?«

»Ich fand, du sahst gut aus.«

»Aber du hast in diesem Café gesessen. Ein Jahr lang bist du hier herumgekrebst.«

»Auch hier fand ich dich gutaussehend.«

»Und du hast mich nicht erkannt?«

»Ich war voll neben der Spur. In einer anderen Welt.«

»Du bist häufig in einer anderen Welt, oder?«

»Von Tag zu Tag seltener.«

»Red keinen Stuss. Wenn ich dir wieder meine Nummer gebe, rufst du an?«

»Lässt du deinen Schnurrbart wieder wachsen?«

»Das werden wir sehen«, sagst du.

»Na gut. Wir werden sehen«, antworte ich.

»Ich bin Fran.«

»Ich bin Luka.«

»Ich weiß doch, wie du heißt. Übrigens musst du mir dein Buch signieren.«

Eine Hand legt sich auf meine Stirn, einige Finger fahren durch mein Haar. Ein Auge zwinkert mir zu. Ein Mundwinkel wird angehoben.

Aus der Ferne James Blake: *If The Car Beside You Moves Ahead*. Die Temperatur ist endlich perfekt. Die Nachricht, dass sich mein Vater nach seiner schweren Krankheit gut erholt, nehme ich beinahe gleichgültig auf. Man muss aufpassen, nicht zu viel Hoffnung zu haben. Dennoch bedeutet das Wort *beinahe* jetzt etwas ganz anderes. Ich trinke einen Schluck Kaffee. Noch einmal schaue ich zum Tresen. Ich öffne die schwarze Mappe. Etwas verlegen schreibe ich die Worte *Daddy Issues* auf die erste Seite.

Und neben mir ist die Welt wieder wirklich.